中國語言文字研究輯刊

二 二 編

許 學 仁 主編

第 5 冊

從《紅樓夢》異文看明清常用詞的歷時演變和地域分佈

劉 寶 霞 著

花木蘭文化事業有限公司

國家圖書館出版品預行編目資料

從《紅樓夢》異文看明清常用詞的歷時演變和地域分佈／
劉寶霞 著 -- 初版 -- 新北市：花木蘭文化事業有限公司，
2022〔民 111〕
目 2+150 面；21×29.7 公分
（中國語言文字研究輯刊 二二編；第 5 冊）
ISBN 978-986-518-831-3（精裝）
1.CST：紅樓夢 2.CST：詞彙 3.CST：明清史
4.CST：研究考訂
802.08 110022441

中國語言文字研究輯刊
二二編 第 五 冊 ISBN：978-986-518-831-3

從《紅樓夢》異文看明清常用詞的歷時演變和地域分佈

作 者 劉寶霞
主 編 許學仁
總 編 輯 杜潔祥
副總編輯 楊嘉樂
編輯主任 許郁翎
編 輯 張雅淋、潘玟靜、劉子瑄 美術編輯 陳逸婷
出 版 花木蘭文化事業有限公司
發 行 人 高小娟
聯絡地址 235 新北市中和區中安街七二號十三樓
電話：02-2923-1455 ／傳真：02-2923-1452
網 址 http://www.huamulan.tw 信箱 service@huamulans.com
印 刷 普羅文化出版廣告事業
初 版 2022 年 3 月
定 價 二二編 28 冊（精裝） 台幣 92,000 元

從《紅樓夢》異文看明清常用詞的歷時演變和地域分佈

劉寶霞　著

作者簡介

劉寶霞，1980 年 12 月出生，山東膠南人，文學博士。研究方向：漢語詞彙史。主要研究成果：
《近代漢語「丟棄」義動詞的歷時發展和南北分布》《古漢語研究》，2013 年第 2 期）、《程高本
紅樓夢異文與詞彙研究》（《紅樓夢學刊》2012 年第 3 期）。

提　要

　　常用詞的研究是漢語詞彙史研究的重要內容。近代漢語和現代漢語聯繫最為緊密，近代
漢語常用詞的演變研究有利於探討現代漢語常用詞面貌的形成，有助於建立更為完整的漢語
詞彙史。本研究將程甲、乙本《紅樓夢》異文（前八十回）所體現的詞彙和句法現象分類列
出，以詞彙異文為線索，選取「丟—摺（料、撩、掠）、扔」「讀—念」「撞（見）—碰（見）」
「迎—接」「理—睬」「商議—商量」「記掛—惦記」等七組常用動詞，利用定量和定性的方法，
考察其產生、發展及更替情況，並通過其在近代漢語文獻中的使用情況，結合現代漢語方言，
對這些詞的地域分布進行了初步探討。其中，「丟—摺（料、撩、掠）、扔」「讀—念」與「撞
（見）—碰（見）」「迎—接」「理—睬」情況稍有不同：前者所考察詞條的組內成員是同義詞，
從穩定開始就各自獨立，展開競爭，最終有一位成員勝出，成為通語；後者所考察詞條的組
內成員都經歷了合成為並列複合詞的過程，「碰撞」「迎接」「理睬」作為並列式複合詞仍見
於現代漢語書面語，在漫長的詞彙發展過程中，單音詞「碰（見）」「接」「理」在通語中繼
續使用，與之相應的「撞（見）」「迎」「採（睬）」則存留在部分方言中。本研究還對兩組常
用雙音詞進行了考察。

國家社科基金重大項目
近代漢語常用詞詞庫與常用詞歷史演變
研究（11&ZD125）子課題

目

次

第一章　緒　論

一、國內外常用詞研究現狀

　　常用詞的演變研究應該是漢語史詞彙研究的主要內容之一。鄭奠在《漢語詞彙史隨筆》中最早對漢語實詞作了史的考察。王力（1958）勾勒了若干組常用詞（自然現象、肢體、方位和時令、親屬、生產和文化）的形成及發展，進而探討了漢語基本詞彙的形成和發展。蔣紹愚（1989）也提到了常用詞研究，在《關於漢語詞彙系統及其發展變化的幾點想法》一文中又談及「丟、扔／拋」「木／樹」「視／看」「道／路」「言／語／說」等幾組詞的演變與更替，但都未引起學界足夠的重視。直到 20 世紀 90 年代，學界才開始注意這個方向。蔣紹愚（1993）分析探討了與「口」有關的四組動詞從《世說新語》到白居易詩和《祖堂集》的發展演變情況。蔣紹愚（1994）專設「常用詞演變的研究」一節，以「吃」「喝」「穿」「戴」四個詞為例，說明常用詞在近代漢語時期是怎樣產生、發展和演變的。張永言、汪維輝（1995）認為，常用詞語演變的研究應當引起重視並放在詞彙史研究的中心位置。李宗江（1999）論述了部分常用虛詞和一組常用實詞的演變情況，探討了常用詞演變研究的方法、意義等理論問題。汪維輝（2002）對漢語常用詞演變研究的意義、宗旨、材料、方法、問題、歷史進行了比較細緻深入的探討，對 41 組常用名詞、動詞、形容詞在東漢到隋時期的演變替換情況進行了考察。單篇論文方面也取得了相當

可喜的成果，如唐作藩（1980）、江藍生（1984）、陳秀蘭（2001）、董志翹（1998／2003）、呂東蘭（1998）、李宗江（2002）、魏達純（2002）、史光輝（2004）、王東（2005）、王彤偉（2005）、汪維輝（1998／2003／2007）等。與常用詞相關的研究還有一批碩博士論文，如：白利利（2005）、李倩（2006）、周理軍（2007）、呂海霞（2008）、于飛（2008）等。這些論文有的從歷時角度對部分漢語常用實詞和虛詞的發展演變進行了細緻的考察，得出了可信的結論；有的從理論的高度，對漢語詞彙演變發展史的研究方法和價值作了積極的探索，為以後的研究提供了很好的借鑒。相對而言，學界的研究比較集中在上古漢語和中古漢語的常用詞研究。引用材料方面，在對新出現的詞語探源時，儘量關注口語程度相對較高的漢譯佛經、筆記小說、雜著、史書中的某些對話等等；在對詞語的流變進行考察時，除了重視口語程度較高的文獻之外，對於史書中的敘述語言、文人作品等語料也加以關注，力求考察的結論更全面。

以語義場為單位的研究在常用詞演變研究中也佔據中心位置，學界一部分研究或者以義位為線索，搜尋不同時期不同語料中的用例，選擇具有代表性的典型例句，對常用詞替換進行辨析；或者採用探尋語源、排比用例、詳細描寫、統計頻率、考察詞語組合關係等方法，對常用詞不同時期的替換演變情況進行探討，以此說明各組同義詞的演變替換過程，探討常用詞演變的內在規律；或者通過研究表示某類常用動作的動詞語義場來探討詞彙的特點或發展演變。部分研究對以下動詞的歷史演變作了考察，如：「觀看」類（呂東蘭 1992）、「睡覺」類、「洗滌」類（閆春慧 2006）、「買賣」類（呂文平 2007）、「烹煮」類（王洋 2007）、「切割」類（高龍 2008）、「出售」類（張荊萍 2008）、「給予」類（段煉 2005）、「吃喝」類（崔宰榮 2002）、「言說」類（王楓 2004）、「行進」類（劉恩萍 2009）、「燃燒」類（張黎 2010）、「責怪」類（楊琴 2010）、「建築」類（常榮 2011）、「死亡」類（代珍 2011）等。此外，還有杜翔（2002）、焦毓梅（2007）、朱瑩瑩（2007）等研究。

還有一些研究通過對某類事物名稱語義場的系統研究對詞彙的特點或發展演變進行了探討，如：「面部」類（解海江、張志毅 1993）、「下肢」類（李云云 2004），「牙齒」類（龍丹 2007）、「羽毛」類（龍丹 2008）、「衣服」類等。有的論文還考察了語義場的民族特點，如金石（1995）。

　　張雁（2004）重點討論了七個語義場的複合動詞產生途徑與詞化模式、近代漢語複合動詞的發展與單音動詞興替之間的關係以及動詞複合化與動詞語義演變之間的互動關係，是研究近代漢語複合動詞的力作，為我們的研究提供了參照。

　　可見，目前關於漢語語義場研究的論文，其研究對象通常為名詞或動詞，而對其他詞類涉及較少。

　　綜上所述，國內學術界對漢語常用詞的研究主要集中在詞的歷時演變個案上，近代漢語常用詞開始受到關注。漢語史研究界對歷時常用詞研究主要解決了兩大問題：

　　1. 較多論述了漢魏晉六朝和晚唐五代時期漢語常用詞劇烈演變的事實，注意從語義場、常用詞在句中組合關係、聚合關係、歷時演變信息等視角進行研究。這方面研究的專著如李宗江（1999）、汪維輝（2000），單篇論文多為個案調查，如：隅—角（王東 2005）、橋—梁（丁喜霞 2005）、口—嘴（呂傳峰 2006）、店—肆（劉紅妮 2008）、牢—欄—圈（胡海瓊 2006）、焚—燔—燒（史光輝 2004）、吃—食（王青、薛遴 2005）、盲—瞎（鮑金華 2008）等。

　　2. 近代漢語常用詞的研究相對集中在詞的歷時演變個案上。如：李煒（2002）考察了「給」對「與」的取代；汪維輝（2003／2005）對漢語「說類詞」的歷時演變與分布進行了探討，研究了《老乞大》諸版本所反映的基本詞歷時更替；栗學英（2006）論述了明清「胖」替代「肥」的過程；方云云（2010）考證了「脖」的源流，指出明清「脖」（北方）、「頸」（南方）的興替與分布等。專書研究如：夏鳳梅（2004）對《老乞大》四種版本詞彙的比較研究；張美蘭（2007／2008／2009／2010／2011）對明清域外官話文獻中的南北官話詞彙共時分布進行的全面介紹。

　　以上這些研究成果無疑對近代漢語常用詞歷史演變研究提供了很好的研究基礎和參照系數，但以往的研究也存在不足：

　　1. 關注單音節常用詞，對複音常用詞較為忽略，較少涉及複音常用詞的歷時演變及其地域分布。

　　2. 重個案靜態研究，沒有系統探討歷時常用詞尤其是近代漢語時期漢語常用詞發展演變狀況。

　　3. 引用材料比較單一；偏重歷時更替的研究，共時分布關注不夠。

4. 重定量定性歸納統計，從理論上對常用詞的歷時演變和共時分布間的聯繫缺乏整體觀照。

5. 對常用詞的地域分布探討不多，對於方言的材料引證涉及較少。

二、《紅樓夢》的版本及其語言面貌

《紅樓夢》版本眾多，目前一般文學史及有關論著將其分為兩大系統：一是八十回抄本系統，因為大多帶有脂硯齋、畸笏叟等人的批語，所以習慣上稱為「脂本系統」，包括甲戌本（下文引例時簡稱戌）〔註1〕、己卯本〔註2〕、庚辰本（下文引例時簡稱庚）〔註3〕、列格勒藏本（又稱「列藏本」）〔註4〕、有正本（又稱「戚序本」）〔註5〕、蒙府本〔註6〕、甲辰本（又稱「夢序本」）〔註7〕、夢稿本（又稱「楊藏本」）〔註8〕、己酉本（又稱「舒序本」）〔註9〕、

〔註1〕該本僅存十六回。由於此本第一回文中有「至脂硯齋甲戌抄閱再評，仍用《石頭記》」數語，故此稱「甲戌本」。目前學術界比較一致的看法是，該本的底本年代在所發現的本子中是最早的，也最接近曹雪芹的原稿，後人妄改的成分相對較小。

〔註2〕該本存第一至第二十回，第三十一至第四十回，第六十一回至第七十回。因第四冊首頁有「己卯冬月定本」字樣，故稱「己卯本」。根據書中的避諱情況，吳恩裕、馮其庸二先生研究確定該本為清代乾隆時怡親王府的抄本，甚至書中有些文字就是怡親王弘曉本人所抄。在目前所存的乾隆抄本中，能考明抄主的只此一種。

〔註3〕原本八十回，中缺六十四、六十七兩回、實存七十八回，因該本有「庚辰秋月定本」字樣，故稱「庚辰本」。通過研究發現，庚辰本與己卯本有著非常密切的關係，很多地方具有極其相似的特徵。「庚辰秋月定本」表示這個本子的底本是曹雪芹於庚辰年即乾隆二十五年（1760）秋天改定的本子，距離曹雪芹去世只有二三年的時間，所以這個本子很可能是作者生前最後一次改定的本子，也最接近作者手稿。

〔註4〕此本原抄八十回，缺五、六兩回，約在清朝乾嘉年間抄成，後因破損嚴重，經過重新裝訂，重裝時使用的是乾隆皇帝的《御製詩集》紙頁作為頁內襯紙。該本於道光十二年（1832）被俄國宗教使團隨行人員帕維爾·庫爾梁德采夫從北京搜羅帶回俄國。

〔註5〕存八十回，底本是乾隆年間戚蓼生的收藏本，因卷首有戚蓼生的《石頭記序》而得名。戚序本是早期通行的抄本紅樓夢，它的發現出版比甲戌、庚辰等本均早，故早期研究者多以戚序本為材料。

〔註6〕簡稱「蒙府本」，存一百二十回，其中第一至第五十六回、第六十三至第八十回屬脂本系統，其他部分係由程本抄配，卷首有後人抄錄的程偉元序。

〔註7〕存八十回，因題有乾隆四十九年（1784）甲辰菊月夢覺主人序，故稱「夢覺本」，也稱「甲辰本」。該本是目前所有抄本中最早改名為《紅樓夢》的，大致可看做是脂本和程本之間的過渡版本。

〔註8〕簡稱「夢稿本」，存一百二十回，為清代藏書家楊繼振舊藏，故又名「楊藏本」。其前八十回由多個脂本拼配，後四十回主要自程乙本而來。楊繼振等人錯認為該本是高鶚增補《紅樓夢》時的手定稿本，所以題書名為《紅樓夢稿》。

〔註9〕存前四十回，無批語。因首頁有乾隆五十四年（1789）己酉舒元煒序，故稱「舒序本」，也稱「己酉本」。

鄭藏本〔註 10〕等；二是一百二十回刊印本系統，最早由程偉元、高鶚整理刊印，所以又稱「程高本」或「程本系統」，包括程甲本（下文引例時簡稱甲）〔註 11〕、程乙本（下文引例時簡稱乙）〔註 12〕以及據此翻印的一百二十回小說刻本。

《紅樓夢》作為清代最具代表性的著作，其語言很早便得到紅學界及語言學界的關注。最早提到《紅樓夢》語言問題的是脂硯齋。庚辰本第 39 回有一條批語：「按此書中若干人說話語氣及動用、飲食諸賴，皆東西南北互相兼用。」可以看作對《紅樓夢》語言特點的概括。

清代的周春寫道：「看《紅樓夢》有不可缺者二，就二者之中，通官話京腔尚易，諳文獻典故尤難。」〔註 13〕可見他認為《紅樓夢》是用「京腔」寫的。

《妙復軒評石頭記》附太平閒人張新人評論，其中有一條：「書中多用俗諺巧話，皆地道北京語，不雜他處方言，有過僻，間為解釋。」〔註 14〕

陳獨秀也說：「《紅樓夢》所用文字，是純粹的北京土話。」〔註 15〕

于平（1999）認為，曹雪芹忠實地記錄和提煉了當時的標準語，又根據作品的需要大量吸收了共時的極富表現力的口語、方言詞語和文言詞語以及生動貼切的熟語等。這些詞語匯合在一起，形成了獨具特色的「紅樓夢語言」。每個時代都有獨具特色的詞彙，十八世紀中國人那些帶有特徵性的說話形式和詞語都表露出時代風氣的共性。《紅樓夢》的書面語言在詞彙規範方面起到了舉足輕重的作用，正是因為這些詞彙是歷時人們在一定地域共同生活圈活動的產物。

伴隨著《紅樓夢》語言討論的是《紅樓夢》作者問題。陳炳藻借用數理統

〔註 10〕鄭振鐸藏殘抄本，簡稱「鄭藏本」，僅存二十三、二十四兩回，無批語。行款格式僅此一本獨有，正文也有獨特之處。

〔註 11〕乾隆五十六（1791）年冬，程偉元、高鶚在萃文書屋以木活字形式刊刻了《紅樓夢》一百二十回本，題書名曰《新鐫全部繡像紅樓夢》，這是《紅樓夢》第一次以木刻本出現。

〔註 12〕乾隆五十七（1792）年春，程偉元、高鶚又出了「乾隆壬子萃文書屋木活字擺印本」。前後相隔僅兩個多月。

〔註 13〕清·周春《閱〈紅樓夢〉隨筆·紅樓夢評例》，轉引自胡文彬《讀遍紅樓》，書海出版社 2006 年。

〔註 14〕轉引自龍琳《〈紅樓夢〉中所見湘方言詞語的相關問題及其考證》，東北師範大學 2007 年碩士學位論文。

〔註 15〕紅樓夢研究參考資料選輯（第三輯），人民文學出版社，1988 年。

計的方法對《紅樓夢》前 80 回和後 40 回的文本進行了考察，認為後 40 回也出自曹雪芹之手。陳文使用的方法值得借鑒，但得出的結論被陳大康（1987）所否定。鄭慶山（1993）舉例證明後四十回續作者是東北人，或在東北長期生活過的人。沈新林（2004）利用內證和外證相結合的方法研究得出，《紅樓夢》的原作者可能不是曹雪芹，而是他的父輩。

三、選題意義

乾隆五十六年辛亥（1791）冬至後五日，「萃文書屋」以木活字形式刊出了首部《紅樓夢》的一百二十回印本《新鐫全部繡像紅樓夢》，這是《紅樓夢》第一次以印本形式出現。乾隆五十六年壬子（1792）花朝後一日，該書局又推出了它的第二種《紅樓夢》印本——「乾隆壬子萃文書屋木活字擺印本」。學界沿用胡適的稱法，將這兩種印本分別稱為「程甲本」和「程乙本」，而據此翻印的一百二十回印本又統稱「程高本」。

程甲、乙本的刊印，是《紅樓夢》的一次大普及。據杜春耕（2001），從現在存世數目至少十套以上來看，程甲本當時印量是比較大的，而程乙本及其異本尚存的數目則略多於甲本。程甲、乙本與其翻刻本之間以及與前期抄本的淵源關係已得到紅學界的廣泛關注。據馮其庸（2001），程甲、程乙兩種印本僅相隔七十天，乙本改甲本的文字，字數就達 19568 字，〔註16〕其中前八十回即被刪改 14376 字。孫柏錄（2009）指出，版本研究應該由「本子研究」階段推進到「異文研究」階段，這些異文產生的原因值得我們系統地探討。程高本《紅樓夢》異文中很多涉及近代漢語常用詞，而常用詞異文的產生多與詞的時間性和地域性有關，對這部分詞作進一步的探討有助於漢語詞彙史的研究，具體意義如下：

1. 程高本異文很多是屬於詞彙的同義代用現象，這是研究明清同義詞的極好材料。異文往往會揭示詞與詞之間的語義聯繫，為考釋詞語和探討語義變遷提供重要信息。如「讀」和「念」。二者都是上古漢語的常用詞，分別表示「念讀」和「思念」。東漢佛經中，「念」也開始表達「誦讀」義，宋元時期，「念」的「念讀」義出現，開始走上了與「讀」相同的發展軌跡，明清時期，「念」與

〔註16〕據汪原放的統計，甲、乙兩本相異之字達「21506 字之多（這還是指添進去和改的字，移動的字還不在內）」。

「讀」一樣，發展出「學習」義並展開競爭，逐漸形成了現代漢語方言的格局。

2. 不同版本的語言基礎不一，異文的同義表達恰好可以一定程度上顯現其時代或地域特點。如「泡茶」和「沏茶」。程乙本將程甲本中的「泡茶」改為「沏茶」或「潤茶」。張美蘭（2010）指出，表「用開水沖泡」這一意義，「沏」「泡」是一對同義詞。從產生時間上來看，二者幾乎同時見於清初的《紅樓夢》。從使用地域而言，在清代表現為北方官話用「沏」，南方官話用「泡」。

3. 《紅樓夢》異文很多時候反映的是修訂者的語言風格。如「被」和「叫」，考察程甲本和程乙本，前80回中的幾處「被」程乙本中均改為了「叫」。張延俊（2009）通過比較《紅樓夢》脂評本、程甲本、程乙本中「被」「叫」字句的使用情況，得出結論：脂評本、程甲本、程乙本等各種版本的「叫」字式均非曹雪芹原著所有，而是續作者高鶚和傳抄者改動或增加而成。

4. 《紅樓夢》異文多為基本常用詞彙，這為漢語常用詞研究是提供了新的視角。如程乙本對程甲本進行的改寫中，有如下幾組常用詞：洗面／臉水，道／說，便／就，口／嘴，吃／喝，衣服／衣裳。其中，「道／說」「面／臉」「便／就」汪維輝（2005）在總結《老乞大》四種版本中發生過歷時變化的基本詞時已作了考察；張蔚虹（2010）也從《老乞大》版本的角度對「喝」的歷史演變及其與「吃」「飲」的關係進行了研究。這些都是利用異文進行常用詞研究所作的新的嘗試。

5. 今天的很多常用詞產生於明清時期，《紅樓夢》的異文不僅是對清代常用詞面貌的客觀體現，對研究現代漢語常用詞的面貌也有價值。如「惦記」和「記掛」。二者都產生於明清時期，「惦（記）」最早見於《紅樓夢》程甲本，且產生後就迅速發展，清代後期便成為表達「掛念」義的主導詞，用於清代以來變化較快的北方話。「記掛」在明清時期一直有所使用，但用例不多，僅出現在南方作品中，至今也主要在南方地區使用。蔣紹愚（1998）指出，「近代漢語是如何發展到現代漢語的，或者說現代漢語是怎樣逐漸發展來的，這是一個很值得研究的問題。從目前研究狀況來看，語音研究比較重視近代漢語和現代漢語的聯繫，而語法的研究則偏重於某種語法格式的起源，對近代與現代的聯繫注意得不夠多，詞彙因為偏重於詞語的考釋，就更少注意明清時的詞彙如何發展為現代漢語詞彙。」以《紅樓夢》異文為線索進行的詞彙研究也許可以彌補這一缺憾。

四、研究方法

　　劉鈞傑（1986）對《紅樓夢》前 80 回和後 40 回的用字進行了統計，探討了前後部的作者問題。晁繼周（1993）比較曹雪芹和高鶚的語言時，提到了比較的方法：一方面要拿前 80 回與後 40 回作比較，另一方面還要考察前 80 回中高鶚修改的地方，比較改動前後的不同。本文採取上述方法，結合《紅樓夢》前 80 回和後 40 回的成書過程，將前 80 回與後 40 回進行對比，考察不同版本之間的改寫情況，進而考察不同作者的語言習慣。

　　新詞代替舊詞是一個漸變的過程，這個過程首先表現為用量上的增減。在考察改寫的詞彙問題時，本文將採取定量和定性相結合的方法。定量研究的方法指對新舊詞在各個時代典型口語語料中出現的次數進行統計。定性分析的方法主要是考察新舊詞詞義、語法功能的演變情況，分析新舊詞的組合關係以及它們與具有時代特徵的語法成分共現的情況。如在考察新舊動詞更替的時候，往往要考察新舊動詞與近代漢語時期新興副詞的搭配、與結果補語、趨向補語、可能補語等的結合、與時態助詞「了」「著」「過」的搭配等。

第二章　程高本《紅樓夢》異文

　　本章我們將從語言學角度對程甲、乙本異文進行分類。我們所採用的程甲本是北京圖書館 2001 年依該館所藏原本影印而成，為初印本。[註1] 校對時根據瀋陽出版社 2006 年的版本。所用程乙本是北京圖書館影印杭州圖書館藏陳其泰批語本（桐花鳳閣批校本）。校對時根據中國書店出版社 2011 年的版本。我們逐句對比程甲、乙本，按詞類對程甲乙本異文進行分類（見附錄）後發現，程高本異文呈現出如下特點：

一、詞彙方面

　　（一）從詞類上看，程甲、乙本異文分布是不均衡的。異文主要集中在名詞、動詞、副詞、助詞、語氣詞等類別，形容詞、代詞、數詞、量詞異文數量相對較少。

　　介詞、副詞、連詞、助詞、語氣詞都屬虛詞類，主要表達的是語法意義。副詞的異文主要是副詞內部小類之間的互用，類與類之間的界限並不明顯；助詞方面的異文主要體現在結構助詞「的」的隱現、事態助詞「了」、動態助

〔註1〕關於程甲本，北京圖書館藏本（1992 年書目文獻出版社影印）與中國社科院文學研究所藏本（2000 年吉林文史出版社影印）相比，後者在程偉元序前增印了「萃文書屋」版權頁，且相比前者底本存在許多挖改的情況，此本只有五處進行了挖改，故學界普遍認為後者更優。我們所用的版本為北圖 2001 年再版，該本提供了北圖館藏程甲本和社科院藏程甲初刻本的貼改挖改表，彌補了文字上的一些缺陷。

詞「著」「了」「過」的使用與否；語氣詞的異文則體現在「呢」「麼」「嗎」「啊」「罷」「罷咧」「來著」「的」的使用與否。

（二）從構詞上來看，「兒」綴佔了相當一部分比例。程甲本較少使用「兒」綴，程乙本中，「兒」綴大量使用，且使用範圍非常廣泛，有些在現代漢語中已經不見，如「一把汗／汗兒」。「兒」的廣泛使用從一個側面反映了程乙本的北方話特點。（下例中每一組詞均以程甲本在前，程乙本在後，中間用「／」隔開）

（一）名詞＋兒

1. 一般名詞＋兒

官／官兒；道／道兒；嘴／嘴兒；現成話／現成話兒；罕物／罕物兒；沒趣／沒趣兒；模樣／模樣兒；人家／人家兒；這方／這方兒；神情／神情兒；情性／情性兒；好歹／好歹兒；閒話／閒話兒；鬼臉／鬼臉兒；地方／地方兒；豆腐皮／皮兒；長輩／長輩兒；媳婦／媳婦兒；髐骷／髐骷兒；定數／定數兒；一把汗／汗兒；衣襟／衣襟兒；瓜子皮／瓜子皮兒；寶貝／寶貝兒；臘八／臘八兒；眼面前／眼面前兒；娼婦／娼婦兒；交杯盞／交杯盞兒；戒指／戒指兒；汗巾／汗巾兒；破綻／破綻兒；寸步／寸步兒；一旁／一邊兒；跟前／傍邊兒；時候／時候兒；歆／歆兒；氣頭／氣頭兒；水雞／水雞兒；身子／身子兒；這個數／數兒；碟槽／碟槽兒；笑話／笑話兒；頭頂／頭頂兒；小蹄子／小蹄子兒；散眾／散眾兒；小姐／小姐兒；剛性／剛性兒；掰著口／嘴兒說；小東道／小東道兒；線頭／線頭兒；小祠堂／小祠堂兒；像／像兒；草蟲／草蟲兒；小荷包／荷包兒；讀書家／讀書家兒的；時景／時景兒；五分／五分兒；頭惱／頭惱兒；花朵／花朵兒；林字／林字兒；藥方／藥方兒；風／風兒就是雨；文具／文具兒；名姓／名姓兒；地方／地方兒；小麼／小麼兒；蘆蒿／蒿子稈兒；玉瓶／玉瓶兒；形景／形景兒；美人／美人兒；眼圈／眼圈兒；緊箍咒／緊箍咒兒；好性／好性兒；一刻／一刻兒；人影／人影兒；酒令／酒令兒；一點聰明／聰明兒；一斗珠／珠兒；娘胎胞／娘胎胞兒；真珠／真珠兒

2. 動賓短語中的名詞＋兒

掐花／花兒；努嘴／嘴兒；行事／事兒；得了空／空兒；討好／好兒；探頭／頭兒；沒法／法兒；報個信／信兒；擺手／手兒；拍手／手兒；解悶／悶兒；拈鬮／拈鬮兒；取笑／取笑兒（又該他們取笑兒開心／拿咱們取笑了）；使

眼色 / 眼色兒；說話 / 話兒；賠個不是 / 不是兒；過了後 / 後兒；少作孽 / 少作點孽兒；搖手 / 手兒；取樂 / 樂兒；操一點心 / 心兒；湊熱鬧 / 熱鬧兒；盡孝道 / 孝道兒；送信 / 信兒；探頭 / 頭兒；撒個姣 / 嬌兒；趁著便 / 便兒；布個菜 / 菜兒；圓房 / 圓房兒；皺眉 / 皺皺眉兒；討一個情 / 情兒

（二）人名＋兒

智慧 / 智慧兒；蓉哥 / 蓉哥兒；琪官 / 琪官兒；金釧 / 金釧兒；玉釧 / 玉釧兒；秦相公 / 秦哥兒；鳳姐 / 鳳姐兒（鳳哥兒 / 鳳丫頭）

（三）VP＋兒（多為動詞重疊＋兒）

去歇歇 / 歇歇兒去；等等 / 等等兒；養養 / 養養兒罷；請我一請 / 請我請兒；理也不理 / 不理兒；頑頑 / 頑頑兒；我凡行動 / 我行動兒；逛逛 / 逛逛兒；撕著頑 / 玩兒；笑一笑 / 笑笑兒（笑笑 / 笑笑兒）；談講 / 說話兒

（四）形容詞＋兒（多為形容詞重疊＋兒）

隨和 / 隨和兒；有趣 / 有趣兒；忽刺巴 / 忽刺巴兒；大模大樣 / 大模廝樣兒；可憐見 / 可憐見兒

細細 / 細細兒；細細 / 慢慢兒的算帳；悄悄的 / 悄悄兒；暗暗 / 暗暗兒的；好好 / 好好兒的走

（五）量詞＋兒

一步 / 一步兒；三五下 / 三五下兒；一聲 / 一聲兒；少喝一鍾 / 一鍾兒；吃了一走 / 走兒

（六）副詞＋兒：

偏生 / 偏偏兒；一齊 / 一齊兒；巴巴 / 巴巴兒的唱戲；剛剛 / 剛剛兒的明白了；差不多 / 差不多兒；盡力 / 盡力兒；故意 / 故意兒；一處 / 一塊兒；天天 / 天天兒

餘例如：

古時 / 古時候兒；要吃時 / 要吃的時候兒（開時 / 開的時候兒；到謝時 / 謝的時候兒）；不顯堆垛的 / 堆垛兒；屈一膝 / 盤著一條腿兒坐下；提緊著些 / 提緊著些兒；忙得什麼 / 什麼兒；他小人家兒 / 小人兒家；生些 / 點兒氣；一般 / 一般兒是的；性情兒 / 性格；珠兒 / 珠線；口號兒 / 俗語；名字 / 外號兒；

起的端／頭兒；汗意／汗兒；一點／一點兒；半點／半點兒；有點／有點兒腿酸；慢些／慢著些兒

此外，甲、乙兩本中，「子」綴也與「兒」綴交替使用。如：

這會兒／這會子；這空兒／這會子；一碟兒／一碟子；翻了一回／一會子；性兒／性子

猴子／猴兒；樣子／樣兒；香袋子／香袋兒；吃個雙分子／雙分兒

蔣宗許（2009）指出，明清的白話小說中往往「兒」綴與「子」綴同時混用。不過，到近代漢語中晚期，似有了一些地域上的變化。一般來說，北方口語中「兒」綴比較多一些，而南方口語中，「子」綴則比「兒」綴更多見。

二、句法方面

異文在句子層面的表現便是詞語的增減與詞序的變動，詞序變動可導致結構變異。如：

（一）動詞重疊

也試一試／試試；見一見／見見；歇一歇／歇歇兒（歇息歇息／歇歇）；想一想／想想（想了一想／想）；揉一揉／揉揉腸子；讓我認一認／認認；在小桌子上嘗一嘗／嘗嘗；不會／沒有叫丫頭們搯一搯／搯搯

你看／瞧瞧；你瞧他興的／你瞧瞧把他悖的

（二）VO 不 C／V 不 CO：瞞他不過／瞞不過他

（三）去 VP／VP 去

往我那裡去取／只管取去；遲去／去遲了不恭；何不去瞧一瞧／為什麼不瞧瞧去；去頑耍／頑頑去；去說／說去；你自過那邊房裏去梳洗／快過那邊梳洗去；去訴冤／訴冤；並沒去叫他／叫他去；出去要藥／要藥去；把塊手絹子忘了／把塊絹子忘了去

他告去／告

（四）可 VP

可在家嗎／在家嗎；可少什麼沒有／不少；可多什麼沒有／可多什麼；可聽見我們的新文了／了沒有；頭上可熱／熱不熱；可是這個主意／主意不是；可有使得的否／沒有

三、異文類型

異文的產生原因與各種外在因素都有關係，包括傳抄技術、語言時代性、收藏者、讀者等，必須仔細甄別，具體問題具體分析，不能一概而論。從語言學角度來看，程甲、乙本異文的類型大致可分為如下幾類：

（一）A 和 B 之間有文白之別。如：

至／到；行／幹；遭／挨；乃／他；彼／他；此／這；此處／這裡；如此／這樣；如此／這麼著；如此／這麼；那廂／那裡；那／怎；豈／那；如何／怎麼；何／為什麼；何／什麼；何故／為什麼；何用／作什麼；如此／那麼著；何等／什麼；則／便；方／才；乃／因問；方／正要；太／甚；愈／甚；俱／都；亦／也；亦／又；復／又；又／遂；仍／還；乃／乃是；固／自是；便／就是；休／別；便／連忙；卻／倒；乃／卻；敢／可是；與／和；若／要；若／但；如／要；故／所以。

（二）A 和 B 之間存在歷時替換關係。如：

1. 落後／後起間

> 好容易養到十七八歲上死了，……落後／後起間果然又養了一個。
> （第 39 回）

「落後」為時間詞，意為「後面」「後來」「最後」。此例中，甲本用「落後」，意為「後來」，乙本改為「後起間」。據汪維輝（2010），前 80 回的「落後」為時間詞，後 40 回的「落後」為動詞。前者由後者引申而來。時間詞「落後」明清時期使用較多，是一個南北通行的詞，現見於武漢、西寧、銀川、於都等地以及膠遼官話青州片如膠南、諸城等地。

2. 不要／別

（1）不要／別想家，要什麼吃的、什麼頑的只管告欣〔註2〕我。（第 3 回）

（2）再不要／別說你們這府裏原是這樣／這麼樣的話。（第 14 回）

禁止副詞「別」產生時代較晚，瓦羅《華語官話語法》（1703）反映的是明末清初以南京話為基礎的官話語法，書中所列的「表示禁止否定的小詞」中沒有「別」，這說明 18 世紀初，「別」的使用並不廣泛。18 世紀末，「別」

〔註2〕應是「訴」字的誤寫。

逐漸廣泛使用，而程甲本仍以使用「不要」為常，故程乙本將 20 例「不要」改為了「別」，符合當時的語言事實。

3. V 得緊／很

大奶奶倒忙的<u>緊／很</u>。（第 40 回）

「很」又寫作「哏」「狠」，據張美蘭（2011：337），元明時期多用「V 得緊」，清代逐漸用於「V 得 C」結構中，瓦羅《華語官話語法》對此也有論述。

此外，異文中能夠反映詞彙的歷時演變的用例還有：

名詞：日／天；內、中／裏；頭／腦袋；面／臉；足／腳；口／嘴；田／莊；<u>甬道／路</u>；窗、窗子／窗戶；衣／衣服；物／東西；兄弟／弟兄。

動詞：叫／嚷；喚／叫；喚／叫做；請／叫；令／叫；教／叫；命／叫；著／叫；使／給；攜／領；引／帶；攜／帶；丟／扔；擲／扔；撩／撂；磊／放；道／說；讀／念；與／給；立／站；吃／喝；隨／跟；視／看；看／瞧；見／看見；<u>聞得／見</u>；尋／找；滌／洗；索／要；尋／要；生／長；奪／搶；入／進；接／迎；恐／怕；欲／要；想／要；頑／逛逛；頑笑／耍；揩拭／擦；囑／囑咐；笑／笑話。

形容詞：疏／遠；足／夠；冷／涼等。

代詞：這樣／這麼；這些／這些個；這樣／這麼樣；這樣／這麼著；這樣兒／這麼著；那樣／那麼；那裡／那邊；甚麼／什麼。

副詞：便／就；只／就；但／就只；原／本；不曾／沒有；歷來／從來；一齊／一起；端的／到底；仔細／看。

介詞：同／和；向／往；從／打；向／和；同／跟；被／叫；將／把；望／和；與／在；與／和；在／打；到／打；在／到；向／給；向／合；合／和；往／在；依／依著；為／為著；趁／趁著；與／跟。

（二）A 和 B 之間存在地域差異。如：

1. 房／屋

（1）就有幾個丫頭來會他去打掃房子地面，提洗面水。

就有幾個丫頭來會他去打掃屋子地面，舀洗臉水。（第 19 回）

（2）記掛／惦記著<u>房／屋</u>裏無／沒人，所以跑了／才跑來著。（第 44 回）

　　明清時期，「房」多見於南方文獻，「屋」見於北方文獻。據張美蘭（2011：276）考察，九江版《官話指南》將北京版《官話指南》中的 22 例「屋」改為「房」。如：

（3）這個工夫兒，我也起來了，開開了房／屋門。

《官話類編》中也有類似用法。

　　2. 使／用

（1）況且也不用這買賣，等不著這幾百銀子用／使。（第 48 回）

（2）我把兩個黃金項圈當了三百銀用／使，剩了還有二十幾兩。（第 69 回）

　　程甲本用「用」，程乙本則用「使」。「使」是當時北方話常用詞，南方不用「使」，用「用」。據張美蘭（2011），《官話指南》和《官話類編》中有類似的例子。如：

（3）我們這鋪子向來不用／使母錢鋪的票子。（《指南》）

（4）這些小錢不好用／使。（《類編》）

【注】：使 is very common in Northern Mandarin，but not in the South，Where 用 is always used. In the Southern Mandarin 用 is used almost exclusively，使 being rarely heard.

　　3. 手帕子、手帕、帕子／絹子、手巾

（1）拿出手帕子／絹子來，挽著一個疙瘩。（第 31 回）

（2）一面說，一面打開手帕子／絹子，將戒指遞與襲人。（第 32 回）〔註3〕

（3）有一個老嬤嬤忙拿了一塊手帕／絹子掩／掩上了。（第 51 回）

（4）襲人摘下那通靈寶玉來用手帕／絹子包好塞在褥子下／底下。（第 8 回）

（5）說著，便找手帕子要揩拭，黛玉便用自己的帕子替他揩拭了。

　　　　說著，便找絹子要擦，黛玉便用自己的絹子替他擦了。（第 19 回）

　　程乙本將甲本中的部分「帕」改為了「絹」，可以看出乙本傾向使用北方話尤其是北京話常用詞，相對而言，甲本保留的南方話成分如「帕」更多一些。俞敏（1992）認為「絹（絹子）」是北京話，而「手帕」則是「南方的詞

〔註3〕晁繼周（1993）認為此例中的「帕子」是吳語，程乙本中被高鶚改為了北京方言詞「絹子」。

兒」。汪維輝（2010）對以庚辰本為底本的《紅樓夢》前 80 回和後 40 回的詞彙差異進行了考察，指出前 80 回多用「帕」而少用「絹」，後 40 回則相反，認為這兩個詞反映的是前後不同作者的方言差異。

4. 越性、越發、爽性 / 索性

（1）卻說寶玉自出了門，他房中這些丫鬟們都越性 / 索性恣意的頑笑。（第 19 回）

（2）越發 / 索性吃了晚飯去，便 / 要醉了，就跟著我睡罷。（第 8 回）

（3）寶釵也贊有趣，因說道：「越性 / 爽性 / 索性擬出十個來，寫上再來。」（第 37 回）

庚辰本「越性」多見，程甲本中，「越發」「爽性」「索性」並用，到了程乙本，「索性」處於統一地位。晁繼周（1993）認為「越性」應該看作早年北京話中帶方言色彩的副詞，而「索性」「越發」則屬於標準語。據唐賢清（2003），「爽性」也許是南方詞，《小說詞語匯釋》也曾注「爽性」為「吳語」，但後來也經常在北方話使用。現代漢語方言中，「爽性」仍在東北官話、西南官話中使用。

此外，異文中反映詞彙地域差異的用例還有：

名詞：前日 / 前兒；昨日 / 昨兒；今日 / 今兒；明日 / 明兒；晚間 / 晚上；中晌 / 晌午；過日 / 過些日子；裏面—裏頭；外面—外頭；姨娘 / 姨媽；小的 / 奴才；公子 / 少爺；窗子 / 窗戶；兄弟 / 弟兄；姊妹 / 姐妹；衣服 / 衣裳；田 / 莊；床 / 炕；太醫 / 大夫；武藝 / 本事；小姐 / 姑娘；泥腿市俗 / 光棍。

動詞：喚 / 叫；與 / 叫；給 / 讓；要 / 叫；丟 / 扔；道 / 說；讀 / 念；睡 / 躺；撳 / 按倒；看 / 瞧；索 / 要；揩拭 / 擦；忘記 / 忘；泡茶 / 沏茶；排場 / 排揎；跪下 / 打千兒；耽擱 / 挨磨；念 / 想；覺得 / 覺著；曉得 / 知道；怒 / 惱；棄厭 / 嫌；不要 / 用。

形容詞：嗇 / 過；整齊 / 俊；歡喜 / 喜歡；不自在 / 喜歡；受用 / 舒服。

代詞：這樣 / 這麼；這樣 / 這麼著；怎樣 / 怎麼；怎麼樣 / 怎麼著；怎樣 / 怎麼著。

由於所涉異文較多，不能一一考察，本文僅選取七組常用動詞進行進一步研究，詳見下文。

第三章　《紅樓夢》異文所反映的明清常用詞的歷時演變和地域分布（上）

一、「丟棄」義動詞：丟、扔、撂（撩、撩、掠）

　　表示「投擲」「拋棄」之義，上古漢語多用「投」，中古時期多用「擲」〔註1〕，唐代開始「拋」〔註2〕多見，宋代以後主要用「丟」，明清時期，「撂（撩、撩、掠）」和「扔」先後興起，到現代漢語則用「扔」。在表義方面，這幾個詞均兼表「投擲」「拋棄」二義。楊榮賢（2010）分析了「投擲」和「拋

〔註1〕擲，《說文解字注》：「凡古書投擲字皆作擿。許書無擲。」「擿，搔也，一曰投也。今字作擲」。《漢語大詞典》首引《後漢書·呂布傳》：「布嘗小失卓意，卓拔手戟擲之。」上古用「擿」，如《史記·刺客列傳》：「荊軻廢，乃引其匕首以擿秦王，不中，中桐柱。」司馬貞《索隱》：「擿與擲同，古字耳，音持益反。」張守節《正義》：「燕丹子云：荊軻拔匕首擲秦王，決耳入銅柱，火出。」由於語音相近，上古「提」常假借為「擿」。如《戰國策·燕策三》：「是時侍醫夏無且，以其所奉藥囊提軻。」《史記·吳王濞列傳》：「皇太子引博局提吳太子，殺之。」

〔註2〕據洪成玉（1995），「拋」字的產生不會早於魏晉時期。《說文》中沒有「拋」字，徐鉉校定的新附字始見。「拋」的前身為「抱」，上古常用。如《史記·三代世表》：「姜源以為無父，賤而棄之道中，牛羊避不踐也；抱之山中，山者養之。」裴駰《集解》：「抱，普茅反。」「拋」字最早見於《後漢書·安成孝侯賜傳》：「賜與顯子信賣田宅，同拋財產，結客報吏，皆亡命逃伏，遭赦歸。」「拋」產生之初少見，唐代常用，《敦煌變文》中也用「抱」表示此義。（蔣禮鴻《敦煌變文字義通釋》P128）

棄」的區別和聯繫，針對二義的糾葛，提出根據謂語動詞自身動作性的強弱確定動詞的義位歸屬。蔣紹愚（2006）運用「概念要素分析法」全面分析了「投」的詞義系統，認為「投」「擲」「拋」「丟」「扔」的義位分屬「投擲」（投1A）和「捨棄」（投1B）兩個概念域，這兩個概念域之間存在的聯想和隱喻關係具有普遍性，「投擲」義很容易發展出「捨棄」義。「捨棄」義的核心要素雖已改變，但仍表示關係變化或時間推移的過程，與「投擲」義表示的空間運動或位移的過程類似。楊榮賢（2006）〔註3〕認為可根據謂語動詞自身動作性的強弱來確定動詞的義位歸屬，以便識別「投擲」和「拋棄」的區別和聯繫，進而將此類動詞分為「投擲」「丟棄」兩小類，對其成員的歷史發展作了細緻的描寫。徐時儀（2007）考察了漢語史上表「拋棄」的動詞「棄」「丟」「扔」的產生及更替，對「撂（料、撩、掠）」的使用沒有涉及。劉俐李、王洪鐘（2007）將「扔（throw）」列為現代漢語核心詞，並指出現代漢語各方言中，相當於英語「throw」的詞主要是由「丟」「撂（料、撩、掠）」「扔」來承擔的。本節將兼表「投擲」和「捨棄」二義的「丟」「撂（料、撩、掠）」「扔」統稱「丟棄」類動詞，追溯「丟」「撂（料、撩、掠）」「扔」的產生及發展，結合現代漢語方言，考察它們在近代漢語時期尤其是明清時期的分布。

（一）《紅樓夢》程甲、乙本中的「丟」「扔」「撂」

對比程甲本和程乙本可以發現，在修訂過程中，修訂者對「丟」「扔」「撂」的使用呈現出如下一些特點：

1. 程甲本「丟」的減少

程甲本中，前80回「丟」與「撂」的比例約為2.91：1，而到了乙本，前80回「丟」與「撂」的比例降為1.18：1；後40回本極有可能為修訂者程偉元、高鶚續寫，所以甲、乙「丟」和「撂」的用例相差無幾，甲本後40回中「撂」出現的次數甚至多於前80回（27：24）。全120回「丟」與「撂」的比例從程甲本的1.43：1降為0.69：1。如下表〔註4〕：

〔註3〕本文的考察角度及所用語料與楊文有所不同。

〔註4〕「擲」「摔」「拋」不是表「拋棄」的主導詞，但為了呈現程甲、乙本之間的改寫情況，現將此三詞的用例也列於此處。

表 3.1 《紅樓夢》庚辰本、程甲本、程乙本「丟棄」義動詞使用情況表

版　本	回　數	丟	扔	撂	擲	摔	拋
庚辰本	80 回	77	0	24	55	29	13
程甲本	前 80 回	73	0	24	53	27	12
	後 40 回	3	2	27	31	6	8
程乙本	前 80 回	50	17	40	41	30	12
	後 40 回	3	3	32	30	6	7

　　從上表中我們可以看到，在對這幾個近義詞的使用上，庚辰本和程甲本情況相近，而程乙本與這兩個本子的差異相對大一些，程乙本作為刻本系統的第一個定本，雖屢遭詬病，但其「全璧之功」不容抹殺，尤其是語言上，程乙本的修訂者程偉元、高鶚是下了很大一番工夫的。我們先來看前 80 回中程乙本對程甲本「丟」的改寫情況：從程甲本到程乙本，「丟」的用例減少了 23 例，被改寫了 23 次，這 23 例在程乙本中分別對應「撂」（13 例）、扔（8 例）、擱（1 例）、零形式，舉例如下：

（1）丟—撂（13）

　　a. 甲：我勸你兩個看寶兄弟面上都丟開手罷！

　　　乙：我勸你們兩個看寶兄弟面上都撂開手罷！（第 21 回）

　　b. 甲：你不管叫個誰來也罷了，又丟下他來了，誰伏侍他呢？

　　　乙：你不管叫誰來也罷了，又撂下他來了，誰伏侍他呢？（第 34
　　　　回）

　　c. 甲：今兒朝東，明兒朝西，娶一個天仙來，也不過三夜五夜也就丟
　　　　在脖子後頭了。

　　　乙：今兒朝東，明兒朝西，娶一個天仙來，也不過三夜五夜也就撂
　　　　在脖子後頭了。（第 57 回）

（2）丟—扔（8）

　　a. 甲：凡箱櫃所有的菜蔬，只管丟出去喂狗，大家賺不成！

　　　乙：凡箱櫃所有的菜蔬，只管扔出去喂狗，大家賺不成！（第 61
　　　　回）

　　b. 甲：早起高興，只寫了三個字，丟下筆就走了。

　　　乙：早起高興，只寫了三個字，扔下筆就走了。（第 8 回）

（3）丟—擱（1）

> 甲：如今嬤娘既知道了，我倒要把叔叔丟下，少不得求嬤娘好歹疼我
> 一點兒。

> 乙：如今嬤娘既知道了，我倒要把叔叔擱開，少不得求嬤娘好歹疼我
> 一點兒。（第24回）

（4）丟—0（1）

> 甲：不如大家一哭就丟開手了，因此也流下淚來。

> 乙：正是女兒家的心性，不覺也流下淚來。（第29回）

2. 程乙本「撂」和「扔」的增加

　　從程甲本到程乙本，「撂」和「扔」分別增加了16例和17例，乙本中增加的「撂」除了來自甲本中的「丟」（13例）〔註5〕，還有「擲」（2例）〔註6〕；而「扔」除了來自甲本中的「丟」（8例），還有「擲」（4例）、「揕」（3例）、「棄」（1例）、「甩」（1例）。舉例如下：

（5）擲—撂（2）

> 甲：小紅便賭氣把那樣子擲在一邊。

> 乙：小紅便賭氣把那樣子撂在一邊。（第26回）

（6）擲—扔（4）

> 甲：只見王夫人含著淚從袖裏擲出一個香袋來。

> 乙：只見王夫人含著淚從袖裏扔出一個香袋來。（第74回）

（7）揕〔註7〕—扔（3）

> 甲：賈菌如何忍得？見按住硯磚，他便兩手抱書篋子來照這邊揕了
> 來。

〔註5〕還有1例：天氣甚好，你且出去逛逛，省得去／撂下粥碗就睡，存在心裏。根據上下文，此例中甲本的「去」應為「丟」的筆誤，但我們未計入對「丟」的改寫中，列於此處。

〔註6〕從甲到乙，前80回中「擲」減少了12例，分別被改寫為扔（4例）、摔（3例）、撂（2例）、擱（1例）、放（1例）、發（1例），後40回有1例「擲」、1例「拋」改寫為「撂」。

〔註7〕揕，《集韻·沁韻》：「揕，知鴆切，擊也。」又引《太平廣記》卷四百零一引唐張讀《宣室志》：「復以臂揕生。」洪邁《夷堅支志景》卷二：「即奮拳揕其頂，立沒於地。」這裡的「揕」為「朝某目標扔擲」義，現仍見於今膠遼官話青州片。

乙：賈菌如何忍得住？見按住硯臺，他便兩手抱起書篋子來照這邊扔
　　去。（第9回）

（8）棄—扔（1）

　　甲：寶姐姐琴妹妹……到今日便棄了咱們自己賞月去了。

　　乙：寶姐姐琴妹妹……到今日便扔下咱們自己賞月去了。（第76回）

（9）甩—扔（1）

　　甲：寶玉正自發怔，不想黛玉將手帕子甩了來，正碰在眼睛上，倒
　　　　唬了一跳。

　　乙：寶玉正自怔，不想黛玉將手帕子扔了，正碰在眼睛上，倒唬了一
　　　　跳。（第29回）

「撂」和「扔」雖都有增加，卻有所不同：「撂」在甲、乙兩本中均使用
廣泛，程乙本尤多；而「扔」在甲、乙兩本中的用例不多，程甲本尤少。但從
程甲本到程乙本，「扔」經歷了從無到有的變化：程甲本中，「扔」僅在後 40
回中見到 2 例，前 80 回未見；到了程乙本，前 80 回就出現了 17 例。這從一
定程度上說明甲、乙兩個版本相比而言，程乙本愛用新詞，且在 18 世紀後期，
「撂」大有取代「丟」的趨勢，而「扔」對「丟」的替代才剛剛開始。

（二)「丟」「撩（料、撂、掠）」「扔」的產生及發展

1. 丟

丟，《說文》未見，為後出俗字。清翟灝《通俗編》卷一：「捨去曰丟。見
李氏《俗呼小錄》。」蔣紹愚（2006）、徐時儀（2007）均引此。《漢語大字典》
引章炳麟《新方言·釋言》：「《說文》：『投，擿也。……今為丁侯切，俗書作
丟。』」「投擲」「拋棄」義項下〔註8〕，《漢語大字典》《漢語大詞典》首例均
引元代康進之《李逵負荊》第一折：

（1）「把煩惱都也波丟，都丟在腦背後。」

「丟」，宋元亦寫作「颩」。《字彙補》：「颩，巴收切。」為「揮打」之義，
也通「丟」，為「丟、扔」義。「丟」在宋代用例不多，我們調查的文獻中，「丟」

〔註8〕《漢語大詞典》還列舉了「丟」的其他義項：①遺失；②遺留；③擱置、放下；④
　　　使出、施展；⑤兜。義項④⑤本文暫不涉及；義項①是由「捨棄」義發展而來，但
　　　屬另一概念域，不在本文討論之列；義項②③是「投擲」義的變體，同屬一個概念
　　　域，屬本文討論的範圍。（蔣紹愚 2006）

僅有兩例，都寫作「颩」。如下：

（2）終日，搐搐搦搦，莫颩殺我，如醉如癡。（《張協狀元》第二十九齣）

〔註9〕

（3）誰教當日太情濃，颩不下新愁一段。（南宋程垓《鵲橋仙》）

《漢語大字典》《漢語大詞典》首例均引元王實甫《西廂記》二本楔子【端正好】：「不念《法華經》，不禮『梁皇懺』，颩了僧伽帽，袒下我這偏衫。」〔註10〕引例偏晚，應補。

「丟」表示「拋棄」義的時代，徐時儀（2007）認為不會晚於宋代，例引南宋楊萬里《樞密兼參知政事權公墓誌銘》：「上又曰：『堯舜以道治天下，不過無心。』公曰：『堯舜之治道，其要在命九官、丟四凶。』」

按：此例引用有誤。根據文獻校對，辛更儒（2007：4809）《楊萬里集箋校》（第九冊），卷一二四（中華書局）和王琦珍（2006：2044）《楊萬里集》（下），卷一二四（江西人民出版社），句中的「丟」應為「去」。

元代，表「投擲」「拋棄」義的「丟」文獻用例有所增加，見於元雜劇等口語性較強的文獻，「颩」僅有一例。如：

（4）嚇得我丟了繩索，放開腳步飛奔。（《元雜劇·竇娥冤》）

（5）想十三人舞袖登城臨汴梁，向青城虜了上皇。（帶云：）唬得禁軍八百萬丟盔卸甲！（《新校元刊雜劇三十種·東窗事犯》第一折）

（6）我不付能卒卒地兩簡才颩去，便颩颩發地三鞭卻還報了。（《新校元刊雜劇三十種·尉遲恭三奪槊》第一折）

（7）丟開了硯臺，撇下了書冊，向花街柳陌把身挨，兀的不俊哉。（湯舜民《醉太平》）

元末明初的朝鮮漢語教材《朴通事》中出現一例，如：

（8）滿月過了時，吃的不妨事，滿月日老娘來，著孩兒盆子水裏放著，親戚們那水裏金銀珠子之類，各自丟入去。

明代「丟」已廣泛應用，成為當時表示「投擲」「拋棄」的主導詞。如：

〔註9〕《永樂大典戲文三種校注》（P147）「颩殺」注：「《越諺》卷下『單辭雙義』：『颩，巴收切，猶南方人之言甩。甩，刮患切，使勁拋擲。』」

〔註10〕朱德熙（1958）指出，明代《雍熙樂府》（《四部叢刊》影印嘉靖刊本卷三）作「丟」。

（9）見物起心，一夜劫墳逃去。屍骨丟在池水中。（《牡丹亭》第四十六
　　齣）

（10）卻尋著蹤跡，趕將來，只見倒在雪地裏，花槍丟在一邊。（《水滸傳》
　　第 9 回）

（11）你這呆子，全無人氣！你就懼怕妖火，敗走逃生，卻把老孫丟下，早
　　是我有些南北哩！（《西遊記》第 41 回）

（12）陳大郎抬頭，望見樓上一個年少的美婦人目不轉睛的，只道心上歡喜
　　了他，也對著樓上丟個眼色。（《喻世明言》第 1 卷，蔣興哥重會珍珠
　　衫）

此時的「丟」也常與「棄」連用。如：

（13）只打得眾軍如風捲殘雲，丟棄旗鼓，將士盡盔歪甲斜，莫辨東西，敗下
　　陣來。（《封神演義》第 42 回）

15 世紀的朝鮮漢語教科書《訓世評話》記錄了「丟（颩）」的流行：「颩」共
出現 15 例，均用於白話部分（b），其中有 4 例對應的文言文（a）卻用「棄」，
如：

（14）a. 姑竟棄之。／b. 婆婆聽了這話就颩了。（第 15 則）

（15）a. 宜棄之。／b. 合當颩了。（第 56 則）

（16）a. 愛弛色衰，則棄為溝中瘠矣。／b. 一時間年大面醜不愛他颩了呵。
　　（第 29 則）

（17）a. 棄籠而走。／b. 背的籠子颩在路邊。（第 45 則）

2 例對應的文言文用「投」：

（18）a. 投屍水中。／b. 颩在水裏。（第 21 則）

（19）a. 車槥及牛骨投亭東空井中。／b. 把骨頭颩在亭後枯井裏藏了。（第
　　37 則）

2 例對應的文言文用「擲」：

（20）a. 怒擲鏡／b. 就惱起來，把這鏡子還颩在箱子裏。（第 44 則）

（21）a. 姑又怒擲鏡／b. 又惱懆，颩了那鏡子罵他兒子。（第 44 則）

此外，1 例對應「捐」（a. 捐金於野。／b. 便把金子拿將出去，還颩在野旬

裏。第 15 則），1 例對應「釋」（a.釋汝刀從我可全。 ／b.媳婦你颭了刀兒從我呵，保你身子。第 15 則），1 例對應「置」（a.令面縛置之雪樹下／b.把那孫子背綁颭在雪中樹下，第 35 則），另有 4 例「颭」對應零形式。

另一種朝鮮漢語教科書《朴通事諺解》（a）中有 4 例「颭」，1 例「丟」。而清代前期的《朴通事諺解新釋》（b）中，這五例均寫作「丟」。如下：

（22）a. 該管的外郎也受了些錢財，把我的文卷來颭在櫃子閣落裏。

　　　b. 還有該管的書辦們也受了些錢財，把我的這案文卷丟在一邊。

（23）a. 一個放債財主，小名喚李大舍，開著一座解償庫，但是值錢對象來償時，便奪了那物，卻打死那人，正房背後掘開一個老大深淺地坑，颭在那裡頭。

　　　b. 一個放債財主，混名喚做李夜義（叉），開著一座當鋪，有值錢的對象來當，便奪了那物，打死那人，正房背後掘一個老大○（深）坑，便丟在那裡頭。

（24）a. 該管的外郎也受了些錢財，把我的文卷來颭在櫃子閣落裏，不肯家啟稟，知他是幾時的勾當？

　　　b. 還有該管的書辦們也受了些錢財，把我的這案文卷丟在一邊，不肯回官辦理，不知到幾時才得了局哩。

（25）a. 行者教千里眼、順風耳等兩個鬼，油鍋兩邊看著，先生待要出來，拿著肩膀颭在裏面。

　　　b. 行者教千里眼、順風耳兩個鬼，在油鍋兩邊看守，鹿皮待要出來，拿著肩膀丟在裏面。

（26）a. 先生變做老虎趕，行者直拖的王前面颭了，不見了狗，也不見了虎，只落下一個虎頭。

　　　b. 先生變做老虎去趕，行者直拖的到王面前丟下，卻不見了狗，也不見了虎，只剩下一個虎頭。

清初到清中葉，「丟」仍占主導地位，如：

（27）家門口守著河路，上了船直到衙門口，如何不帶他同來，丟他在家？（《醒世姻緣傳》第 6 回）

（28）你原待抬了去，就死了，你還該抬去才是，怎麼丟在這裡，安心把這

屋當了墓田？（《聊齋俚曲集》第 4 回）

（29）你問我借盤纏，我一天殺一個豬，還賺不到錢把銀子，都給你去丟在
水裏，叫我一家老小喝西北風？（《儒林外史》第 3 回）

18 世紀末，北方官話中「扔」慢慢崛起，之後逐漸取代「丟」，成為通語（詳
見下文）。「丟」現仍在牟平、成都、貴陽、銀川、烏魯木齊、太原、廣州、崇
明、梅縣、福州、長沙、南昌、南寧平話等方言中使用。（《現代漢語方言大詞
典》2002：1427）

2. 撩（料、撂、掠）

撩，《說文·手部》：「理也。」《集韻·蕭韻》：「《說文》：撩，理也，一曰取
物。」《龍龕手鑒·手部》：「撩，擲也。」玄應《一切經音義》卷四：「撩擲，
謂相撩擲也。」首例舉《三國志·魏志·典韋傳》：

（1）太祖募陷陳，韋先占，將應募者數十人，皆重衣兩鎧，棄楯，但持長
矛撩戟。

中古時期的中土文獻中，「撩」作「投擲」「拋棄」義用例罕見；佛典文獻
中，表示此義的「撩」多見，常與工具格共現，也常與「擲」「擿」同義連用，
《漢語大詞典》：「撩，同『撂』，丟，拋。」首例引自《初刻拍案驚奇》，太晚，
可補充早期用例。如：

（2）瞋怒銜下唇，撩擲火燒然。（宋涼州沙門釋寶雲譯《佛本行經》）

（3）時賣薪人，後更取薪，道見一兔，以杖撩之，變成死人。（元魏西域
三藏吉迦夜共曇曜譯《雜寶藏經》）

（4）即於前路見二小兒，相牽鬥諍捉頭拔髮，瓦石刀杖共相撩打，見人持
火自然殄滅。（北涼天竺曇無讖譯《大般涅槃經》）

（5）青鴿飛雀……蛇虺纏身，牧牛獵師瓦石撩擲，或時斫刺破壞形體。
（姚秦涼洲竺佛念譯《菩薩處胎經苦行品》）

（6）何者名為十五濁心？所謂或以石撩，或以杖打，或以刀斫。（隋天竺
那連提耶舍譯《大方等大集經》）

（7）舍主輕蔑，都不回顧，設得入舍，輕賤之故，既不與語，又不敷座，與
少飲食，撩擲盂器，不使充飽。（後秦龜茲鳩摩羅什譯《燈指因緣經》）

（8）又諸菩薩於卑賤者行布施時，尚無不敬，撩擲而與，況於有德？（玄奘譯《瑜伽師地論》）

玄應的《一切經音義》對「撩」多有注解，如：「撩，力雕反。擲也。《說文》作『撩』，相擊也。」（《大集日藏分經》第六卷）；「撩擲，又作『撩』，同力雕反，謂相撩擲也。擲，相投也。」（《菩薩處胎經》第四卷）；「撩與，力條反。撩，擲也。《說文》：『撩，理也。』」（《善見律》第十六卷）

可見，「撩」表示「投擲」「拋棄」中古時期就已出現，但唐代以後一直到明初較少使用。我們調查了明代 12 部文獻，除《醒世姻緣傳》外，用例很少，「三言」2 例、「二拍」7 例、《型世言》1 例。如：

（9）龍香道：「不管誤事不誤事，還了你，你自看去。」袖中摸出來，撩在地下。（《二刻拍案驚奇》卷 9）

（10）霍氏道：「是晚間咱丈夫氣不憤的，去罵他一家子拿去，一蕩子打死，如今不知把屍首撩在那裡？」（《型世言》第 9 回）

明末清初的《醒世姻緣傳》中，「拋棄」義的「撩」共 65 例，還可以與「棄」「掉」同義連用。如：

（11）華歆後來鋤著，用手拾起，看是金子，然後撩在一邊。（第 34 回）

（12）（孫蘭姬）看見狄周走到，眼裏掉下淚來，從頭上拔下一枝金耳挖來，叫捎與狄希陳，說：「合前日那枝原是一對，不要撩了，留為思念。」（第 40 回）

（13）那晁老一個教書的老歲貢，剛才撩掉了詩云子曰，就要叫他戴上紗帽，穿了圓袖，著了皂鞋，走在堂上，對了許多六房快皂，看了無數的百姓軍民，一句句說出話來，一件件行開事去，也是「莊家老兒讀祭文——難」。（第 16 回）

（14）凡是道路上有棄撩的孩子，都拾了送與那局內的婦人收養。（第 31 回）

「撩」，又寫作「料」。《說文·斗部》：「料，量也。」《廣雅·釋詁》：「料，理也。」王念孫《廣雅疏證》：「撩與料聲近義同。」「料」與「撩」都有「理」義，「撩理」常作「料理」。玄應《一切經音義》卷十四「撩理」注：「撩，今多作料量之料字也。」（《四分律》第十三卷）。「料」的「投擲」「拋棄」義《漢語

大字典》《漢語大詞典》首例均引元代例，如：

（15）「可有這曬衣服的繩子，我解下來一頭拴在井欄上，一頭料下去。」

（鄭庭玉《後庭花》第四折，引自《漢語大字典》）

我們調查的明代文獻中，僅《西遊記》有 2 例，「三言」中有 1 例。如：

（16）即使個拿法，托著那怪的長嘴，叫做個小跌。漫頭一料，撲的摜下床
來。（《西遊記》第 18 回）

（17）我何不把這銀子料在水裏，也呼地的響一聲！（《醒世恒言》第 37 卷）

「撩」又作「掠」。陸澹安《小說詞語匯釋》：「掠：丟，借作『撂』字。」
據楊榮賢（2006），「掠」主要見於《金瓶梅詞話》，偶見於《水滸傳》。如：

（18）又一個酒保奔來，提著頭只一掠，也丟在酒缸裏；再有兩個來的酒保，
一拳，一腳，都被武松打倒了。（《水滸傳》第 29 回）

（19）西門慶分付收了他瓜子兒，打開銀包兒，捏一兩一塊銀子，掠在地
下。（《金瓶梅詞話》第 15 回）

「撩」，又寫作「撂」。如：

（20）比著把你撂在水裏，還有撲通的一聲響，討得旁人叫一聲可惜。（《醒
世恒言》第 3 卷）

我們調查的明代文獻中，僅此 1 例寫作「撂」，餘皆為「撩」「料」。《漢語
大詞典》「撂」首例引自《紅樓夢》，可補。清初的《聊齋俚曲集》中也有 3 例
「撂」，如：

（21）賭場裏玩，嫖場裏耍，丟了仨，撂了倆，窮殺狗還該打。（《聊齋俚曲
集·窮漢詞》）

《紅樓夢》中表示「投擲」「拋棄」義，多用「丟」，其次是「撂」，不用「撩」
字。對照《紅樓夢》幾個版本，我們發現「撂」使用頻率僅次於「丟」，在越晚
出的刻本中，「撂」的用例越多。如：

（22）寶玉笑道：「來的正好。你把這些花瓣兒都掃起來，撂在那水裏去罷。
才我撂了好些在那裡了。」（程乙本《紅樓夢》第 23 回）

（23）這會子你倘或有個好歹撂下我，叫我靠那一個？（程乙本《紅樓夢》
第 33 回）

清中葉以後，「撂（撩）」漸漸少見。現代漢語方言中，「撂（撩）」在北方

官話（哈爾濱、牟平、烏魯木齊）、中原官話（洛陽、西安）、江淮官話（徐州、南京、揚州、丹陽）及湘方言（長沙、婁底）中仍有使用。(《現代漢語方言大詞典》2002：5058)

3. 扔

扔，本義為牽引、拉。《說文·手部》：「扔，因也。從手，乃聲。」朱駿聲《說文通訓定聲》：「扔，以手攖之也。」《老子》第三十八章：「上禮為之而莫之應，則攘臂而扔之。」陸德明釋文：「扔，引也，因也。」後引申為「摧毀」。《後漢書·馬融傳》：「然後飛鋌電激，流矢雨墜，各指所質，不期俱殪，竄伏扔輪，發作梧輐。」李賢注：「扔，音人證反。」《聲類》曰：「扔，摧也。」言為輪所摧也。

明代時，「扔」的「投擲」義出現，但很少見。如：

（1）剛才我把金鳳釵扔到轎子下，郎君拾到了沒有？（瞿祐《剪燈新話》，引自徐時儀 2007）

清代，「扔」才由「投擲」義引申出「拋棄」義，《漢語大字典》首例引自《紅樓夢》。《紅樓夢》以後，「扔」廣泛使用。如：

（2）賈璉啐道：「你這個不知死活的東西！這府裏希罕你的那扔不了的浪東西！」(《紅樓夢》第 96 回)

（3）那禿子便說道：「誰把這東西扔在這兒咧？這準是三兒幹的，咱們給他帶到廚房裏去。」(《兒女英雄傳》第 6 回)

（4）知道今天召見是個緊要關頭，他老人家特地扔了園裏的差使，自己跑來招呼一切，儀制說話都是連公公親口教導過的。(《孽海花》第 21 回)

（5）襲人無法，暫且係上，過後寶玉出去，終久解下來扔在個空箱子裏。(《紅樓夢》第 28 回)

（6）他這才知是安老爺，連忙扔下煙袋，請了個安，說：「原來就是老太爺！」(《兒女英雄傳》第 36 回)

（7）又將錢交與富三的家人，富三接過來，望桌上一扔道：「你太酸了！幾個錢什麼要緊，推來推去的推不了。」(《品花寶鑒》第 3 回)

（8）我呀，今年二八——十六歲，我阿爸在湖口使船，長是蘇杭來往，扔
　　下我我母女二人，長伴在家，教我等到多咱。（《白雪遺音》）

可見，「扔」的崛起是從清代中期開始的。從《紅樓夢》到《兒女英雄傳》，
「扔」的絕對數雖然沒有明顯的增加，但「扔」與「丟」的比例卻上升到 0.72：
1，《品花寶鑒》中這一比例達到 1.09：1，《兒女英雄傳》中，「扔」的使用頻
率僅次於「丟」，可以看出當時的北方官話尤其是北京話中「扔」正在逐步取
代「丟」的趨勢。

（三）明清文獻中「丟」「扔」「摺（料、撩、掠）」的分布差異

在明清文獻中表示「投擲」「拋棄」主要用「丟」，「摺（撩）」「扔」的使用
呈上升趨勢；「擲」最常用於賭博場面（擲骰子）；「拋」多作書面語，且常與其
他詞如「棄」「撒」「撇」「閃」等連用；「攢」與「摔」義近，但僅在江淮籍作
家中使用，至今還保存在上海、蘇州等方言中。如下表：

表 3.2　明清文獻中的「丟棄」義動詞使用情況表

朝代	文獻	方言	「丟棄」類動詞及其數量						
			丟（颩）	扔	摺（撩、料、掠）	擲〔註11〕	拋	摔	攢
明	三國演義	江淮	7	0	0	48	15	1	0
	水滸傳	江淮	62	0	掠2	27	16	0	1
	西遊記	江淮	145	0	料2	10	82	1	33
	訓世評話	北方	颩15	0	0	2	4	0	0
	老乞大諺解	北方	0	0	0	0	0	0	0
	朴通事諺解	北方	丟1颩4	0	0	3	0	0	0
	金瓶梅	山東	135	0	掠32	47	26	13	0
	三言	南方	52	0	摺1料1	46	77	6	1
	二拍		60	0	撩7	46	54	4	1
	鼓掌絕塵	南方	22	0	0	20	14	0	0
	型世言	南方	63	0	撩1	16	3	0	0
	醒世姻緣傳	山東	94	0	撩65	11	17	7	0
清	聊齋俚曲集	山東	60	0	摺3撩8	9	10	3	0
	《紅樓夢》（乙）前80回	北京	47	17	40	41	12	25	0

〔註11〕明清文獻中的「擲」已經固定用於「擲骰子」義。

《紅樓夢》（乙）後 40 回	北京	3	3	32	30	7	6	0
儒林外史	江淮	51	0	0	0	1	0	8
歧路燈	中原	74	1	3	77	13	9	0
官場現形記	江淮	33	0	撩 7	5	1	15	3
孽海花	江淮	24	4	撂 1 撩 1	16	8	3	0
老殘遊記	江淮	2	0	0	3	7	5	0
二十年目睹之怪現狀	江淮	29	4	3	4	0	16	6
品花寶鑒	北京	11	12	2	103	16	8	0
兒女英雄傳	北京	46	33	9	4	8	16	0
海上花列傳	吳語	68	0	撩 11	2	8	0〔註 12〕	3
白姓官話	南方	4	0	撩 1	0	0	0	0
小額	北京	0〔註 13〕	1	0	0	0	0	0

1.「撂（撩）」的流行及傳播

（1）「撂（撩）」的地域分布

清代初期到中葉的文獻中，「丟」始終占主導地位，「撂（撩）」的用例有所增加，尤其在《醒世姻緣傳》和《紅樓夢》程乙本等北方作品中，前者「撂（撩）」與「丟」的比例達 0.69：1。域外漢語教科書《白姓官話》中也出現了一例「撂（撩）」。據晁瑞（2006），「撂（撩）」為山東方言詞，《醒世姻緣傳》中大量出現，但同為山東方言作品，稍後的《聊齋俚曲集》中，「撂（撩）」並沒有廣泛使用，這也許是作者的個人創作風格所致，也或許是方言內部的差異。《兒女英雄傳》中，「撂」與「丟」的比例為 0.46：1，也較常用。可見，在北方官話尤其是北京話作品中，「撂」的使用頻率有所上升，僅次於「丟」，個別作品如《紅樓夢》後 40 回中甚至超過了「丟」。

從《紅樓夢》程乙本對程甲本「丟」的改寫、「撂（撩）」在程乙本尤其是後 40 回的頻繁出現，以及《兒女英雄傳》對「撂」的繼續使用，我們也許可以得出一個結論，即 18 世紀中後期，「撂（撩）」已經在廣大的北方地區通行，至少在北方創作圈內沒有什麼異議，且這種情況一直持續到了 19 世紀中期。

〔註 12〕 《海上花列傳》中的「摔」有 10 例，但都為「甩」或「擰」，無一例用於「投擲」或「捨棄」。

〔註 13〕 《小額》中「丟」出現兩次，都表「丟失」。

　　正當北方官話作品中「撂（撩）」的使用呈上升趨勢並一度趕超「丟」的同時，《儒林外史》和《歧路燈》中，「撂（撩）」卻只是零星出現，「丟」占絕對優勢（如表1）；《紅樓夢》庚辰本、程甲本前80回中，「撂」的用例雖比《儒林外史》和《歧路燈》多，但與「丟」相比，仍處弱勢。19世紀末20世紀初的「清末四大譴責小說」中，「撂（撩）」的用例也很少，李伯元的文體最為通俗，《官場現形記》用例也不多。「撂（撩）」也在吳語作品《海上花列傳》中出現過，但也只是見於敘事部分，而此書敘事語言用的是官話，僅人物對話使用蘇白。陳平原（1989）提到，晚清作家頗多來自吳語、粵語等方言區，除非他們用方言寫作，否則小說的口語化程度肯定很有限，應該說，他們以為「文法」教科書的，不是主要用北京話寫成的《紅樓夢》，也不是大量使用山東方言的《金瓶梅》，而是《儒林外史》。《儒林外史》用的語言是長江流域的官話，最普通、最適用，對晚清白話小說的文體影響甚大。他們對「丟」和「撂（撩）」的使用也證實了這一點。

　　換句話說，清代北方官話中，「撂（撩）」已與「丟」呈分庭抗禮之勢，而南方方言對新詞「撂（撩）」的使用仍趨於保守。

（2）明清時期「撂（撩）」傳播特點探源

　　「撂（撩）」雖產生於中古時期，但再次起用卻是從明代的南方開始的，且用例多集中在江淮地區作家作品中。陳江（2003）指出，萬曆以後，通俗小說創作和出版中心由東南地區逐漸轉至江南一帶。明代中後期，江南著書、刻書、藏書之風極盛，僅蘇州和南京所刻印的商品類圖書，已占全國總量的70%，眾多的文人墨客創作出大量貼近民間生活、迎合市民情趣的通俗小說，馮夢龍便是其中之一，而「二拍」的作者凌濛初所處的家族便是江南的大出版商凌氏家族。可以說，他們的作品中對「撂（撩）」的使用加快了「撂（撩）」的復蘇，並促進了「撂（撩）」的傳播。由於當時江南地區文化興盛，印刷業發達，借助這些優勢，「撂（撩）」迅速北上，往京師地區傳播。魯國堯（2007）認為，自明代至清代中前期，官話的基礎方言是以南京音為主的江淮方言，清代中後期，以北京音為主的北方方言逐漸發展壯大，替代江淮方言成為官話的基礎方言。潘建國（2008）提到，受此民族共同語演變的影響，明代至清代中前期的通俗小說，其所用白話以江淮地區的口語為主，而清代中後期的通俗小說，則

以北方地區的口語為主。

晁瑞（2006）指出，「撂（撩）」曾經在冀魯官話、膠遼官話、江淮官話、西南官話甚至吳語中都出現過。可見，「撂（撩）」曾經從廣大的北方官話區向南方方言滲透，一度作為當時的通語使用，且傳播的路線是由北而南、由東至西的，但從文獻反映的情況來看，「撂（撩）」在南方似乎受到了抵制，南方官話最常用的仍是「丟」，「撂（撩）」在南方地區並沒有得到持久和廣泛的應用。「撂（撩）」在北方迅速擴散，並逐漸向通語滲透，在北方立足之後，又繼續往南傳播，回歸江淮地區。

「撂（撩）」的傳播途徑符合「長江型」詞的傳播特點。據岩田禮（2009），「長江」型的詞形多數都是江淮起源的，尤其是以南京和揚州為中心，這一帶應該是語言創新的發源地，這一地區也可稱作「南方的核心地區」。近代以後，尤其是明代以後，以「南方核心地區」為起點的語言放射傳至北方，這些詞也沿著長江傳播到西南地區，但很少有傳播到南方地區。這一傳播特點與表「站立」義的「站」極為相似。據汪維輝、秋谷裕幸（2010）考察，從整個明代文獻反映的情況看，「站」在江淮地區的發展速度要快於北方地區，早期用例也多集中在這一地區的作品，可是到了清代，情況反而有點逆轉，像《儒林外史》和《老殘遊記》，「立」仍然保持著相當的數量，而且主要作為獨立的詞使用。「站」很可能是「長江型」詞，即興起於江淮流域而後往北往西擴散。「撂（撩）」的傳播途徑同此。

清代以來，「撂（撩）」主要在官話區的一些方言點中使用，湘方言中也有少量留存，再往南的地區罕見。

2.「丟」和「扔」在南北官話中的分布差異

18世紀後期，「扔」在程高本《紅樓夢》中開始多見，其後便得到更加廣泛的使用。從程甲本到程乙本，「扔」經歷了從無到有的變化：程甲本中，「扔」僅在後40回中見到2例，前80回未見；到了程乙本，前80回就出現了17例。程甲本傾向使用南方官話的「丟」，程乙本傾向使用北方官話的「扔」。19世紀中期的北方官話中，「扔」的使用已是普遍現象，《品花寶鑑》中，「扔」的數量甚至超過了「丟」。威妥瑪《語言自邇集》（1886）舉例注解了「扔」字，如：

（1）他把紙弄成團兒，往我臉上扔。【自注】口：「扔 jēng¹，投擲；拋棄。

又讀作 jêng³。」「扔 jêng，是扔棄之扔。扔，抛，甩。扔棄 jêng¹ ch'i⁴，當作
廢物丟棄；在其他詞組中，扔 jêng¹，又讀 jêng³。」（引自張美蘭 2010）

在 19 世紀後期的域外漢語教科書中，「扔」對「丟」的替代變得更加明
顯。張美蘭（2010）對明清域外漢語文獻中所記錄的南北官話詞彙進行了全
面的描寫，文中指出，在代表南方官話系統的九江書局版《官話指南》（1893）
對北京官話版《官話指南》的改寫中，將 3 例「扔」全部改為「丟」，轉引如
下：

（2）爐子也不刷上黑色，就扔／丟在那堆房裏了。

（3）瞧有甚麼使不得的東西，該倒的該扔的，就都倒了扔了。／看有甚麼
用不得的東西，該倒的該丟的，就都倒了丟了。

狄考文編撰《官話類編》（1892）有 4 例「扔」與「丟」南北官話對比的句
子，如：

（4）把壞的扔／丟出去。【注】扔 jêng¹·³ to discard，to abandon，to reject，
to throw away.（P95，第 44 課，）

（5）叫包一些粽子扔／丟在江中，這才興起端午節吃粽子得風俗來。（P200，
第 77 課）

同時期的江淮官話作品《儒林外史》、中原官話作品《歧路燈》中，「扔」
卻極少使用。19 世紀末 20 世紀初的「譴責小說」中，最常用的也是「丟」，
「扔」也只是偶有使用。南方作品對「扔」的少用正好也反映了當時南北方
官話面貌的一角：北方官話傾向使用新詞「扔」，而南方官話趨於保守，換句
話說，「扔」對「丟」的替代在這一時期並未擴散到廣大的南方區域。〔註14〕

可見這時的北京話中已傾向於使用「扔」，與現代漢語普通話相同。《北京
土話》（1991：97）：「扔，今俗語則都是『棄擲』的意思，與南方俗語之『丟』
字大致相同。如將物棄擲，曰『扔了它』。」據《現代漢語方言大詞典》（P869），
「扔」現在哈爾濱、烏魯木齊〔註15〕等方言中使用，也在萬榮、廣州、東莞、
福州等方言中使用，這可以看作是已為通語的「扔」對方言的滲透。

〔註14〕需要注意的是，《歧路燈》中出現了 1 例「扔」，這也許意味著官話內部詞彙擴散的
一種軌跡是北京話—中原官話—江淮官話，張生漢、劉永華（2004）通過考察予詞
前的動詞，證明了這種逐步的演進。

〔註15〕烏魯木齊方言中，一般的說法是「撂」。

（四）小　結

明清時期，新詞「撂（撩）」「扔」對「丟」的替換存在時間先後和地域分佈的差異。「撂（撩）」對「丟」的替代發生較早，約在明末，到 19 世紀初已經完成；「扔」對「丟」的替換則約在 18 世紀末、19 世紀初。

北方方言中，「丟」首先逐漸被「撂（撩）」替代，但這一替代並不徹底，又被後出現的「扔」徹底替換；南方方言中，「丟」一直堅守陣地，對新生的「撂（撩）」「扔」都持抵制態度，故它們並未在廣大的南方地區迅速擴散，僅在零星的幾個地區使用，但二者在南方方言中的境遇仍有不同：「撂（撩）」在毗鄰北方官話的江淮方言中紮了根，甚至還繼續侵入了湘方言中；而「扔」由於晚出，故至今仍未在南方方言中立足，成為典型的北方方言特徵詞，在北方方言中它經歷了「丟—撂（撩）—扔」的更迭，而在南方方言中，這一進程相對滯後，僅完成了「丟—撂（撩）」的部分替換。

同為明清時期的常用詞，「撂」和「扔」發展路線是截然不同的：「撂（撩）」源自南方，逆向傳播到北方，進而又回歸南方，故南方對此時已為通語的「撂（撩）」的接受度相對較大；而「扔」在北方廣泛使用慢慢進入通語，但在南方使用區域有限，從今天南方方言對「扔」的使用情況可見一斑。

二、「誦讀」義動詞：「讀」「念」

表達「看著書本出聲或不出聲地讀」這一意義，上古漢語到現代漢語一直用「讀」，從東漢開始，「念」也用於表達該義。杜翔（2002）利用語義場理論考察了支謙譯經中的「誦讀」類動詞，對「讀」和「念」的產生及發展作了描寫；蔣紹愚（2012）討論了「念」的詞義演變，並探究了其原因。在此基礎上，本節將簡要追溯「讀」和「念」的來源，結合現代漢語方言的實際情況，重點考察它們在唐宋以來尤其是明清時期的分佈特點。

（一）《紅樓夢》程甲、乙本中的「讀」和「念」

核對《紅樓夢》程甲本和程乙本，雖然二者的前 80 回和後 40 回都是「念」多「讀」少，但程乙本前 80 回「念」和「讀」的比例（1.71：1）略高於程甲本（1.44：1）。在乙本對甲本的改寫中，我們發現乙將甲的「讀」改寫為「念」共 7 處，改為「唸〔註16〕」1 處，且都在前 80 回。如下表：

〔註16〕《說文・口部》：「唸吚，呻也。從口，念聲。都見切。」段注引《詩・大雅・板》：

表3.3　《紅樓夢》程甲本、程乙本「讀」「念（唸）」使用情況表

版　本	回　數	讀	念（唸）
程甲本	前 80 回	100	144
	後 40 回	8	95
程乙本	前 80 回	90	149 念 5 唸
	後 40 回	8	95

改寫例證如下：

（1）庚：讀書是極好的事，不然就潦倒了一輩子，終久怎麼樣呢？

　　　甲：讀書是極好的事，不然就潦倒一輩子，終久怎麼樣呢？

　　　乙：念書是狠好的事，不然就潦倒一輩子了，終久怎麼樣呢？（第 9
　　　　　回）

（2）庚：氣的是為他兄弟不學好，不上心念書，才弄的學房裏吵鬧。

　　　甲：氣的是為他兄弟不學好，不上心讀書，以致如此學裏吵鬧。

　　　乙：氣的是他兄弟不學好，不上心念書，以致如此學裏吵鬧。（第 10
　　　　　回）

（3）庚：賈瑞直凍了他一夜，今又遭了苦打，且餓著肚子跪著在風地裏讀
　　　　　文章，其苦萬狀。

　　　甲：賈瑞先凍一夜，又遭了打，且餓著肚子跪在風地裏讀文章，其苦
　　　　　萬狀。

　　　乙：賈瑞先凍了一夜，又挨了打，又餓著肚子跪在風地裏念文章，其
　　　　　苦萬狀。（第 12 回）

（4）戌：寶玉見收拾了外書房，約定與秦鍾讀夜書。

　　　庚：寶玉見收拾了外書房，約定與秦鍾讀夜書。

　　　甲：寶玉見收拾了外書房，約定了與秦鍾讀夜書。

　　　乙：寶玉見收拾了外書房，約定了和秦鍾念夜書。（第 16 回）

（5）庚：你真喜讀書也罷，假喜也罷，只是在老爺跟前或在別人跟前你別
　　　　　只管批駁誚謗，只作出個喜讀書的樣子來。

　　　甲：你真喜讀書也罷，假喜也罷，只在老爺跟前或在別人跟前你別只

　「民之方唸吚。」「唸吚」今作「殿屎」。可見，「唸」本義為「呻吟」，因聲近假借
　為「念」。

　　　　管批駁誚謗，只作出個喜讀書的樣子來。

　　乙：你真愛念書也罷，假愛也罷，只在老爺跟前或在別人跟前你別只
　　　　管嘴裏混批，只作出個愛念書的樣兒來。（第 19 回）

（6）庚：他心裏想著，我家代代讀書，只從有了你，不承望你不喜讀書，
　　　　已經他心裏又氣又愧。

　　甲：他心裏想著，我家代代讀書，只從有了你，不承望你不但不喜讀
　　　　書，已經他心裏又氣又惱了。

　　乙：老爺心裏想著，我家代代念書，只從有了你，不承望不但不愛念
　　　　書，已經他心裡又氣又惱了。（第 19 回）

　　胡文彬（2009）指出《紅樓夢》中的方言呈現出一種鮮明的時代性和強烈的地域色彩。通過比對各種現存版本，發現甲戌、己卯、舒序本「去」南方話較少，庚辰本開始「去」南方話逐漸增多，程乙本雖然保留了個別的南方話，但從第 61 回將南方的「澆頭」改為北京的「飄馬兒」例證看，整理者在「去」南方話上也下了一番工夫。以上將「讀」改為「念」的數例正可透露出程、高等人喜用北方詞「念」的傾向，也可以為胡文彬的論斷提供一個佐證。

（二）「誦讀」義動詞「讀」「念」的產生及發展

1. 讀

　　《說文・言部》：「讀，誦書也。」段玉裁改「誦」為「籀」，並注曰：「讀與籀疊韻而互訓，《庸風》傳曰：『讀，抽也。』《方言》曰：『抽，讀也。』蓋籀、抽古通用。……尉律，學僮十七已上始試，諷籀書九千字乃得為吏。諷謂背其文，籀謂能繹其義。……諷誦亦可云讀，而讀之義不止於諷誦，諷誦止得其文辭，讀乃得其義蘊。」抽繹其義蘊至於無窮，是之謂讀。

　　杜翔（2002）認為，上古漢語中，「讀」的意思是抽繹詩文的意義，而要抽繹詩文意義，首先必須閱讀或念讀（出聲與否無需強調），故從〔抽繹〕義發展出〔閱讀〕或〔念讀〕義，進而表達〔學習〕義。可見，「讀」的詞義逐漸泛化，且這一過程中古就已完成。上古漢語中，「讀」常見，《漢語大詞典》《漢語大字典》首例均舉《孟子・萬章下》：「頌其詩，讀其書，不知其人可乎？」此句中的「讀」楊伯峻認為〔抽繹〕和〔誦讀〕均可。

　　但據杜翔（2002），《史記》中明確判斷用作〔閱讀〕義或者〔念讀〕義的

只有少數幾例，多數為〔抽繹〕義。如：

（1）公車令兩人共持舉其書，僅然能勝之。人主從上方讀之，止，輒乙其
　　　處，讀之二月乃盡。（《史記》，引自杜文）

（2）（將軍）乃出詔書為王讀之。讀之訖，曰：「王其自圖。」（《史記》引
　　　自杜文）

「讀」與它的受事者「書」經常組合，組成「讀書」，而且它的語義已凝固
化，表達〔學習〕的意思。如：

（3）其妻曰：「嘻！子毋讀書游說，安得此辱乎？」（《史記》引自杜文）

（4）夫所以讀書學問，本欲開心明目，利於行耳。（《顏氏家訓·勉學》引
　　　自杜文）

中古以後，「讀」主要用於「念讀」「閱讀」義，《朱子語類》中，「讀」可與
「看」連用。如：

（5）且如此看讀去，待知首尾稍熟後，卻下手理會。讀書皆然。（卷 11）

（6）其居在山間，亦殊無文字看讀辨正，更愛看春秋左氏。（卷 103）

15 世紀的朝鮮漢語教科書《訓世評話》（共 65 則）中，「讀」共 4 例，全部
為「讀書」，且均用於白話部分（b），而對應的文言文（a）都與「學習」有關，
如：

（7）a. 羊子大慚，乃捐金於野，而遠尋師學，七年不返。

　　　b. 樂羊子聽得這話害羞，便把金子拿出去，還颺在野旬裏，卻尋好師
　　　　 傅遠處去學到七年，不肯回家，只管讀書。（第 15 則）

（8）a. 吾士人也，孰若與我？

　　　b. 我是讀書識理的人，你若與我呵，強似與客人。（第 29 則）

（9）a. 鄭叔通初已定夏氏女為婿，及入大學，遂登第。

　　　b. 古時鄭叔通道的人，夏氏家裏定婚。到大學館裏讀書，中第回來。
　　　　（第 41 則）

（10）a. 後生一子聰慧，請舉入學。

　　　 b. 後頭他生下一個兒子，好聰明智慧，到國子監裏讀書走舉。（第 54
　　　　 則）

清代文獻中，「讀」也經常與「書」搭配，中間可插入「了」「過」「起來」

等成分，也常連用，表示「上學」。程甲本《紅樓夢》中，前 80 回「讀」共 100 處，與「書」共現 70 處。如：

（11）還有一女，比薛蟠小兩歲，乳名寶釵，生得肌骨瑩潤，舉止嫻雅，當時他父親在日極愛此女，令其讀書識字，較之乃兄竟高十倍。（第 4 回）

（12）那柳湘蓮原係世家子弟，讀書不成，父母早喪，素性爽俠，不拘細事。（第 47 回）

2. 念

念，《說文·心部》：「常思也。」段注：「《方言》曰：『念，思也。』又曰：『常思也。』許云：『懷，念思也。』」《釋名·釋言語》：「念，黏也。意相親愛，心黏著不能忘也。」「念」指的是反覆地想，與「思」相比，具有〔＋長久〕〔＋提及〕義素。（朱芳毅 2008）如：

（1）予小子新命於三王，惟永終是圖。茲攸俟，能念予一人。（尚書·金滕）

（2）夫人固在齊矣，其言孫於齊何？念母也。正月以存君，念母以首事。（春秋公羊傳·莊公元年）

（3）且寡人出，伯父無裏言。入，又不念寡人，寡人憾焉。（左傳·莊公十四年）

由於「念」具有〔＋長久〕〔＋提及〕義素，便容易由心理動詞逐漸轉變為「背誦」，〔註17〕進而表示「誦讀」義。東漢開始，「念」在漢譯佛典中大量使用，併發展出新義「誦讀」（胡敕瑞 2002：154），如：

（4）是時拘翼當誦念般若波羅蜜。（道行般若經）

（5）初，禹為師，以上難數對己問經，為《論語章句》獻之……諸儒為之語曰：「欲為《論》，念張文。」王先謙補注引周壽昌曰：「念，背誦也。今猶云讀書為念書。」（《漢書·張禹傳》，引自《漢語大詞典》）

（6）日向暮，天忽風雨，晦冥如漆，不復知東西。自分覆溺。唯歸心觀世

〔註17〕「念」的〔＋長久〕〔＋提及〕義素也使「念」語義上為「總是想著（人或事），放不下心」，為「掛念」「惦念」等詞的形成提供了語義基礎。

音，且誦且念。（古小說鉤沉）

但這一時期「念」主要用於「思考」「思念」義，表「誦讀」義的例子不多，且常需與「誦」〔註18〕共現。杜翔（2002）認為，「念」普遍用作〔發出聲來讀〕義是唐五代時期「誦讀」類語義場的一個變化。蔣紹愚（2012）指出，唐代「口念」的「念」實指「背誦」「誦讀」，文獻反映的情況確是如此。近代漢語初期，「念」主要用於「背誦」義，後詞義擴大為「誦讀」，且中土文獻中，表示「背誦」「誦讀」的「念」少見，佛教文獻中用例較多，多用於「念經」「念佛」「念咒」等搭配中，「念詩」偶見，可見，此時的「念」仍側重「背誦」，且使用範圍很窄。如：

（7）讀齋文了，唱念「釋迦牟尼佛」，大眾同音稱佛名畢，次即唱禮。
　　　（《入唐求法巡禮行記》卷一）

（8）上即命吟。浩然奉詔，拜舞念詩曰：「此闕休上書，南山歸臥廬；不
　　　才明主棄，多病故人疏。」（唐摭言）

敦煌變文中有一例：

（9）舜即歸來書堂裏，先念論語孝經，後讀毛詩禮記。（《敦煌變文校注》
　　　卷二，舜子變）

蔣紹愚（2012）認為此例中的「念」理解為「誦讀」「學習」皆可，理解為「學習」義更佳。但敦煌變文中其餘表「誦讀」的「念」都用於「念經」「念佛」「念咒」等搭配中，聯繫我們考察的「念」的詞義發展和使用頻率，「念」廣泛用於「學習」義應是清代的事，故此處似應解為「誦讀」。

《朱子語類》開始，「念」用於廣義「念讀」義的用例有所增加，如：

（10）他只念得「於仁也柔，於義也剛」兩句，便如此說。殊不知正不如此。
　　　（《朱子語類》卷6）

（11）此等言語，都是經鍛鍊底語，須熟念細看。（《朱子語類》卷98）

元雜劇中，「念」已可用於舞臺說明中。如：

〔註18〕《說文・言部》：「誦，諷也。」「誦」「諷」互訓。段注：「《大司樂》：『以樂語教國子：興、道、諷、誦、言語。』鄭玄注：『倍文曰諷，以聲節之曰誦。』倍同背，謂不開讀也。誦則非直背文，又為吟詠以聲節之。《周禮》經注析言之，諷、誦是二，許統言之，諷、誦是一也。」可見，「諷」為脫離書本憑記憶而背念，「誦」則是看著書本有節律地念讀。

（12）據這廝每村沙莽撞，念不的書兩行，開不的弓一張，便朝為田舍郎，暮登天子堂。（《新校元刊雜劇三十種·霍光鬼諫》第一折）

（13）（外末做念科。）（詩曰：）月斜寒露白，此夕去留心。離歌恹鳳管，別淚灑瑤琴。（《新校元刊雜劇三十種·陳季卿悟道竹葉舟》第三折）

朝鮮漢語教材《原本老乞大》中，「背」「念」連用，「念」的意義為「背誦」。如：

（14）到晚，師傅行撤簽背念書。背過的，師傅與免帖一個。

明代，「念」的用例有所增加。如：

（15）不料只博得一個家中供給齊整，便是陳公子也忘記了自己本色，也在先生面前裝起通來，譚文說理，先生時常在他前念些雪詩兒，道：「家中用度不足，目下柴米甚是不給，欲待預支些修儀，不好對令尊講。」（《型世言》第 27 回）

可與「看」連用，如：

（16）長老掩上禪堂門，高剔銀缸，鋪開經本，默默看念。（《西遊記》第 36 回）

明代漢語教材《朴通事諺解》中，「念」也已用作「念讀」義，與「讀」無別。如：

（17）我寫了也。你聽我念：「愚男山童，頓首拜上父親母親尊侍前，玉體安樂好麼？

也可與「看」形成異文。如：

（18）a. 將來我念：「大都某村住人錢小馬，今將親生孩兒小名喚神奴，年五歲，無病，少人錢債，闕少口糧，不能養活，深為未便，隨問到本都在城某坊住某官人處賣與，兩言議定，恩養財禮銀五兩，永遠為主，養成驅使。（朴通事諺解）

b. 取來我看：「某村住民人錢小馬，今因貧乏無以養贍，情願將親生之子小名神奴，現年五歲，賣與某大官人宅下養活，當日憑中言定身價銀五兩。（朴通事新釋）

清代，「念」廣泛用於「念讀」義，進而發展出「學習」義，常與「書」「文章」等搭配。如：

（19）沒多一會，胡無翳把那八張合同都寫得一字不差，大家都對過了，請
出晁夫人來，胡無翳又念了一遍與晁夫人聽。（《醒世姻緣傳》第22回）

（20）念書已是有長進，又是一表好人才，人人都說天生的怪。（《聊齋俚曲
集》第4回）

（21）柏公要告辭回家，孝移意欲挽留，柏公說道：「我的重孫兒六歲了，
教他在我床前念書。早晨認會了『一而十，十而百……』四句，午後
該認下四句。……」（《歧路燈》第7回）

（22）就是夫子在而今，也要念文章、做舉業，斷不講那『言寡尤，行寡悔』
的話。（《儒林外史》第13回）

（23）年紀倒有二十六歲，《五經》還不曾念完，文理實在欠通，卻又酷好
掉文，滿口之乎者也，腐氣可掬。（《品花寶鑒》第2回）

（24）臭鬼做著了好生意，財來財去的覺得手頭活動；在外吃好著好，到處
可以遊山玩水，比那窮念書人反有天壤之隔。（《何典》第7回）

「念（書）」常與「學」為異文，如：

（25）a. 因為考得，你兄弟這個空兒才上緊念清書呢？（1789年《清文
指要》，下例簡寫為「指要」）

b. 因為考得，我兄弟才趕著學翻譯。（1830年《三合語錄》，簡寫為
「語錄」）

c. 因為準考，你侄兒，這個空兒，才趕著學滿洲書呢。（1867年《語
言自邇集》，簡寫為「自邇集」）

（26）a. 再找書理通達的師傅念書，就了清話精熟的朋友去說話。（《指要》）

b. 再到通達的師傅跟前去學，唐古忒書，向清話精熟的朋友們說。
（《語錄》）

c. 再有那清話精通的師傅們，也要往他們那兒去學，或是和清話熟習
的朋友們，時常談論。（《自邇集》）

（27）a. 要像一暴十寒的學，就念二十年的書，也難啊。（《指要》）

b. 若是撂撂搭搭的學，花花搭搭的念，就學白了頭也是枉然。（《語
錄》）

c. 若是三日打魚兩日曬網的，就念到二十年，也是枉然。（《自邇集》）

可見，「念」發展到清代，各種用法已與「讀」無別，並有取代「讀」的傾向。（詳見下文）

（三）近代漢語文獻中「讀」和「念」的分布差異

1. 使用頻率

我們調查的唐五代文獻中，《入唐求法巡禮行記》、敦煌變文、《祖堂集》中，「念」的使用頻率超過了「讀」，這與三種文獻的性質都與佛教有關，此時，表「誦讀」義的「念」產生不久，「念」主要用在「念經」「念佛」等搭配中，表示「背誦」「誦讀」；唐五代筆記中，「念詩」亦見，指的是「憑記憶口誦自己所作的詩文」（蔣紹愚 2012），其餘文獻「念」罕見，「讀」佔優勢。

表 3.4　唐五代文獻「讀」「念」使用情況表

文獻	大唐西域記	貞觀政要	遊仙窟	唐白話詩	唐五代筆記	入唐求法巡禮行記	敦煌變文	祖堂集
讀	5	19	3	36	137	22	34	16
念	3	0	0	4	18	28	63	33

宋元時期，文獻反映的情況與唐五代相近，但也有細微的變化：一方面，宋代與佛教相關的文獻中，「念」多見，用法如唐五代時期；兩部史論文獻中，不見「念」，只用「讀」，可見，「念」的使用範圍還很窄。另一方面，南宋以後的文獻中，「念」的用例有所增加，在諸宮調、元雜劇尤其是《朱子語類》中，「念」的使用範圍擴大。《原本老乞大》中，「念」的用例超過了「讀」。

表 3.5　宋元文獻「讀」「念」使用情況表

文獻	大唐三藏取經詩話	景德傳燈錄	雲笈七籤	五燈會元	乙卯入國奏請	三朝北盟會編	朱子語類	張協狀元	諸宮調	新校元刊雜劇三十種	元典章	元朝秘史	原本老乞大
讀	1	15	230	41	33	8	1764	29	22	15	12	0	2
念	1	39	36	34	0	0	35	0	4	8	1	0	3

明代作品中，二者的分布呈現出複雜的局面：前期作品中，《三遂平妖傳》《西遊記》《老乞大諺解》《朴通事諺解》等少數文獻中，「念」的用例超過了

「讀」。同屬江淮方言作品，《三國演義》和《水滸傳》兩部作品「讀」和「念」的使用比例有很大差異，這可能與兩部作品的題材有關：前者為歷史戰爭題材，故「念經」「念佛」少見，僅用於「念咒」（「念」共 5 例，有 4 例用於「念咒」）；《水滸傳》為農民起義題材，「念經」「念佛」等常見，故「讀」與「念」的使用頻率相近。《三遂平妖傳》和《西遊記》源自同一母題，都為神魔小說，且內容多涉及佛教，故「念經」「念佛」以及「念咒」等佔了很大的比例，故「念」的用例遠多於「讀」。這一時期的朝鮮漢語教材《老乞大諺解》和《朴通事諺解》中，「念」已經有所使用，且「念」的用例超過了「讀」，《訓世評話》的情況則相反，只用「讀」，不用「念」。陳莉（2006）認為，《訓世評話》的語言帶有明顯的江淮方言色彩，與《老乞大諺解》《朴通事諺解》的語言存在很大差異。「念」和「讀」的使用差異可以支持這一論斷。後期作品中，「念」正在慢慢崛起，南方官話作品「三言」「二拍」《鼓掌絕塵》《型世言》和吳語民歌《掛枝兒》《山歌》中，雖仍是「讀」佔優勢，但「念」的用例正逐漸增加；《封神演義》《金瓶梅詞話》兩部作品呈現截然相反的情況，「念」的使用頻率超過了「讀」，與前期反映北方官話的《老乞大諺解》《朴通事諺解》情況一致。

可見，這一時期北方文獻開始以使用「念」為常，「讀」仍是南方文獻表達「誦讀」義的主導詞。

表 3.6　明代文獻「讀」「念」使用情況表

文獻	三國演義	三遂平妖傳	水滸傳	西遊記	訓世評話	老乞大諺解	朴通事諺解	三言			二拍		明民歌	鼓掌絕塵	型世言	封神演義	金瓶梅詞話
								喻世明言	警世通言	醒世恒言	初刻拍案驚奇	二刻拍案驚奇					
地域	江淮	江淮	江淮	江淮	—	北方	北方	南方					吳語	南方	南方	江淮	山東
讀	56	3	80	22	4	2	4	69	125	125	63	69	13	42	100	16	16
念	5	66	81	419	0	3	13	35	37	31	58	32	7	26	29	20	48

清代二者的使用有了新的變化：隨著明代「念」的逐漸興起，清初的《醒世姻緣傳》《聊齋俚曲集》中，「念」的使用頻率增加，後者「念」也超過了「讀」，比例為 1.52：1；18 世紀末期的程高本《紅樓夢》中，前 80 回和後 40

回「念」均已趕超「讀」，程乙本全 120 回中，二者比例為 2.54：1，之後的北京話作品《品花寶鑒》《官場現形記》、吳語小說《何典》《海上花列傳》中，「念」的使用也占主流，可見「念」代替「讀」的進程正在加快，甚至滲透到吳語作品中。而在另一些作品如 18 世紀中期的《歧路燈》《儒林外史》《白姓官話》、19 世紀中期的《兒女英雄傳》20 世紀初的《老殘遊記》等三部「譴責小說」中，「讀」仍占主流。

表 3.7　清代文獻「讀」「念」使用情況表

文獻	醒世姻緣傳	聊齋俚曲集	歧路燈	儒林外史	紅樓夢前80回（乙）	紅樓夢後40回（乙）	白姓官話	品花寶鑒	兒女英雄傳	官場現形記	老殘遊記	二十年目睹之怪現狀	孽海花	何典	海上花列傳	小額
地域	山東	山東	河南	江淮	北京	北京	南方	北京	北京	江淮	江淮	江淮	江淮	吳語	吳語	北京
讀	151	73	335	111	90	8	2	60	130	55	21	116	51	11	21	6
念	146	111	126	62	154	95	1	179	68	62	6	60	28	16	30	6

綜上，整個近代漢語時期，上古的「讀」一直是表達「誦讀」義的主導詞，宋元以前的作品中，除個別涉及佛教的作品，「讀」一直佔優勢，「念」很少使用，可見「念」的「誦讀」義是從佛教文獻慢慢擴展至其他文獻的。明代開始，「念」逐漸崛起，「讀」一統天下的格局被打破，清代「念」對「讀」進行了不同程度的替代。但「讀」並未退出，仍活躍在現代漢語中。

2. 地域分布

「誦讀」義動詞「讀」「念」雖產生時間不同，但唐五代以後，二者意義趨同。除語用有別外，在地域分布上也有差異，這種現象至少在明代得到反映：在多數南方方言作品中，「讀」的使用頻率遠多於「念」，而北方系作品尤其是朝鮮漢語教材《老乞大諺解》《朴通事諺解》中卻是「念」多「讀」少。可見，明代開始，南方仍以使用「讀」為常，北方則有使用「念」的傾向。清代，這種南北分布差異更加明顯。一方面，在多數北方系作品尤其是北京話作品中，「念」的使用頻率高於「讀」，如程乙本《紅樓夢》《品花寶鑒》。英國

人威妥瑪編寫的漢語教材《語言自邇集・談論篇》（b）中，「讀」只有 1 處。該書全面採用了滿漢教材《清文指要》（a）的內容，核對異文可以發現，在改寫中，有 3 例將「讀書」改為了「念書」，反映了《語言自邇集・談論篇》用詞方面北方官話的傾向。如：

（1）a. 這個書房甚乾淨，怎麼看怎麼順，正是喈們該讀書的地方。

　　　b. 這個書房實在乾淨，怎麼瞧、怎麼入眼，正是咱們念書的地方兒。

（2）a. 讀書啊，特為明義理；學的義理明白了，在家孝親，作官給國家
　　　　 出力，諸事自然成就。

　　　b. 念書呢，特為的是明白道理。學得道理明白了，在家呢，孝順父母；
　　　　 做官呢，給國家出力，不論甚麼事，可自然都會成就。

（3）a. 細想起這個來，為人豈可不讀書、不修品呢？

　　　b. 細想起這個來，人若是不念書、不修品，使得麼？

　　另一方面，「讀」在清代中原官話作品《歧路燈》、江淮官話作品《儒林外史》《老殘遊記》等清末三部「譴責小說」、南方官話作品《白姓官話》等文獻中使用頻率較高，仍為主導詞。南方作品使用「讀」的共同傾向也反映了明末以後，雖然「念」在通語中的使用逐漸增多，南方仍沿襲了明代的習慣，多用「讀」。這再次表明用詞方面南方地區存古、北方地區趨新的特點〔註19〕。

　　但是，同為山東方言作品，成書於明末清初的《醒世姻緣傳》和《聊齋俚曲集》中「讀」和「念」的表現卻有不同：前者「讀」和「念」使用頻率相當，「讀」略多於「念」，這與《聊齋俚曲集》的情況不太一致，這也許是作者的個人風格不同所致，也可能是方言的內部差異。〔註20〕此外，公認的北京話作品《兒女英雄傳》也呈現出與這一時期北京話作品不同的情況，原因或許與《醒世姻緣傳》類似。

（四）「讀」和「念」在現代漢語方言中的分布

　　《現代漢語詞典》中，表「誦讀」義動詞「讀」有三種意義：①看著文字

〔註19〕參見張美蘭（2008／2010）。

〔註20〕關於《醒世姻緣傳》的作者，學界至今尚有爭議，影響較大的觀點有蒲松齡說、丁
　　　耀亢說、賈鳧西說。（參見張泓：《近十餘年〈醒世姻緣傳〉作者問題研究綜述》，
　　　《西南民族學院學報》，2011 年第 2 期）「讀」和「念」使用上的差異（《醒》151／
　　　146，《聊》73／111）可以為《醒世姻緣傳》作者「非蒲松齡說」提供旁證。

念出聲音；②閱讀；③上學。「念」僅有①③二義。其中，①即上文的「誦讀」
義發展而來的「念讀」義；③是由上文的「學習」義引申而來。「讀」和「念」
在此二義上構成同義關係。我們根據《現代漢語詞典》，將方言中「讀」和「念」
的義項列表如下：

表 3.8 「讀」「念」義項表

讀／念	讀書／念書	讀書人（的）／念書的
讀： 　①看著文字發出聲音； 　②閱讀，看； 　③上學	讀書： 　①看著書本出聲或不出 　　聲地讀； 　②學習； 　③上學	讀書人： 　①知識分子； 　②學生 讀書的： 　①讀書人； 　②學生
念： 　①讀； 　②上學	念書： 　①讀書； 　②學習； 　③上學	念書人：知識分子 念書的： 　①讀書人； 　②學生

據《現代漢語方言大詞典》，「誦讀」義動詞「讀」和「念」的使用情況列
表如下：

表 3.9　43 個方言點「讀」和「念」的分佈

語言	方言點		讀	念
	南寧	平話	讀書①②③‥讀書人①‥讀白字	
湘語		婁底	讀書‥讀書人‥讀白眼子書‥讀老書	
湘語		長沙	讀書人‥讀漢書‥讀洋書	
徽語		績溪		念書①③‥念經‥念瞎書
客家		於都	讀書①②	
客家		梅縣	讀①②③‥讀書①②‥讀書人①	
粵語		東莞	讀書①②③‥	唸書=背書‥唸口黃‥唸經
粵語		廣州	讀口黃=念口黃	念①‥念口黃=讀口黃
閩語		海口	讀書①②‥讀書儂	念字‥念字音‥念經
閩語		雷州		念①
閩語		廈門	讀冊①②③‥讀冊人=讀書人	
閩語		福州	儂讀①②③‥讀書①②③‥讀書哥‥讀書 / 儂=讀書其	
閩語		建甌		念①‥念書‥念書③‥念書人‥念書間‥念白字‥念白‥念經
贛語		洋鄉	讀書①讀書②③‥讀書人①‥讀夜書‥讀老夜書‥讀老夜‥讀洋書	念①‥念學子‥念經
贛語		黎川		念書①‥念經
贛語		南昌	讀①‥讀書②‥默讀‥朗讀	念書③‥念崽兒‥念經
晉語		太原		念書=讀書‥念書的①
吳語	南部	溫州	讀書①②③‥讀書人①	
吳語	南部	金華	讀書①②③‥讀書人①‥讀書簡‥讀書 / 學生=學生	
吳語	南部	寧波	讀書①②③‥讀書①②	
吳語	南部	杭州	讀書①②③	
吳語	北部	上海	讀書①②③‥讀書人	
吳語	北部	蘇州	讀書③‥讀書人①	
吳語	北部	崇明		念①②‥念書①‥念書人‥念經‥念佛
吳語	北部	丹陽		念書①③‥念書人‥念經‥念佛
官話	江淮	南通		念書①③
官話	江淮	揚州	讀書人①	念書①③
官話	江淮	南京	讀書=念書‥讀書人①	念書①‥讀書‥念的②‥念經‥念白字
官話	江淮	徐州	讀書=念書‥讀書的人①‥念書的人	念書的人=讀書人①‥念經
官話	西南	武漢	讀書①②‥讀書的‥讀書人①	
官話	西南	柳州	讀書①②③‥讀書人①‥讀白字	
官話	西南	貴陽	讀書①③‥讀書的②	
官話	西南	成都	讀書①②③=念書‥讀書人②	念書=讀書‥念經
官話	蘭銀	烏魯木齊	讀書人①=念下書底‥識下字底	
官話	蘭銀	銀川	讀書人①	念書=讀書‥念經
官話	中原	西寧	讀書①②③‥讀書人①	念書=讀書‥念書人①‥念佛‥念經
官話	中原	萬榮		念①②‥念書①③‥念書的②
官話	中原	西安	讀①（多用念）	念①②‥念書人①‥念經①②
官話	膠遼	牟平		念書①‥念大書‥念好書‥念歌兒
官話	冀魯	濟南	讀書①②③‥默讀	念書①‥讀書‥念書的①=讀書人①‥念佛‥念經‥念叔伯字
北京	北京			念書
東北	哈爾濱			念書①‥念書的①‥念經

　　如上表，一方面，「誦讀」義詞「讀」主要用於南方各大方言區，是南方方言中表達「誦讀」義的主導詞，而「念」的使用範圍廣泛，通行於多數北方官話以及部分南方官話及其相鄰的方言區內，其作為後起的通語對其他方言的滲透可見一斑。具體表現為：

　　（1）在東北（哈爾濱）、北京、膠遼（牟平）、中原（萬榮、西安）、江淮（南通）等官話區，以及吳語（丹陽、崇明）、徽語（績溪）、晉語（太原）、贛語（黎川）、閩語（建甌、雷州）的 13 處方言點中，只用「念」，不用「讀」。

　　（2）西南（貴陽、柳州、武漢）、蘭銀（烏魯木齊）等官話以及吳語（蘇州、上海、杭州、寧波、金華、溫州）、湘語（長沙、婁底）、客家（梅縣、於都）、閩語（福州、廈門）、南寧平話的 17 處方言點則只用「讀」，不用「念」。

　　（3）其餘包括蘭銀（銀川）、冀魯（濟南）、中原（洛陽、西寧）、江淮（徐州、南京、揚州）、西南（成都）等官話區，以及贛語（南昌、萍鄉）、閩語（海口）、粵語（廣州、東莞）的 13 處方言點中，「讀」「念」並用。

　　另一方面，同一方言區內部不同的方言點對詞彙的使用往往不同。如汪維輝（2003）所言，處於不同方言結合部的方言點，往往帶有明顯的過渡性質。丹陽、崇明方言處於吳語北部區域，在對二詞的使用上，與屬江淮官話的南通方言相同（用「念」不用「讀」），而與同屬吳語區的上海、蘇州方言不同。同屬西南官話，成都方言對二詞的使用也與其他三處（用「讀」不用「念」）不同。

（五）小　結

　　（1）「讀」和「念」表達「誦讀」義的歷程不甚相同：「讀」經歷了「抽繹→念讀、閱讀→學習」逐漸引申的過程，「念」則是由心理動詞轉喻而來，詞義經歷了「思念→背誦、誦讀→念讀→學習」的過程。二者表「誦讀」義之初，詞義各有側重，「讀」重「研究」，「念」重「背誦」，當都發展出「念讀」義和「學習」義時，二者才開始趨同。

　　（2）「讀」表示「念讀」和「學習」中古就有用例，故明清以前，「讀」一直是表達「誦讀」義的主導詞，而「念」中古時還主要用於「思考、思念」義，罕表「誦讀」。近代漢語前期，由於受原先心理動詞屬性的侷限，「念」一直多用於「背誦」「誦讀」義，宋元時期，「念」的「念讀」義出現，開始走上了與「讀」相同的發展軌跡，明清時期，「念」才逐漸用於「學習」義。

（3）明代開始，「念」的使用頻率有所增加，部分北方作品中，「念」曾
一度趕超「讀」，清代這一趨勢有了進一步發展，「念」逐漸進入北方通語，甚
至滲透到吳語區中；而南方方言作品尤其是江淮官話作品中，「讀」仍佔優勢，
「念」的使用相對保守，且這種格局一直延續到現代漢語方言中。

第四章 《紅樓夢》異文所反映的明清常用詞的歷史演變和地域分布（中）

一、「遇見」義動詞：碰、撞

表達「遇見」義，上古漢語多用「遇」，中古時期「逢」多見，[註1]宋代開始「撞」也用於該義，清代「碰」出現，慢慢發展為現代漢語的主導詞。由於「遇見」義與「碰觸」義存在聯想和隱喻關係，「碰觸」義很容易發展出「遇見」義。我們將兼表「碰觸」和「遇見」二義的「撞」「碰」統稱「遇見」義動詞，將表「碰觸」的「碰」「撞」稱為「碰1」「撞1」，表「遇見」的稱為「碰2」「撞2」。本節將追溯「撞」「碰」「遇見」義的產生及發展的歷史軌跡，結合現代漢語方言的實際情況，考察二詞明清以來的分布特點。

（一）《紅樓夢》程甲、乙本中的「碰」和「撞」

對比《紅樓夢》前 80 回與後 40 回，可以發現，程甲本中，無論是「碰觸」義還是「遇見」義，前 80 回「撞」的使用頻率都略高於「碰」，後 40 回則相反，

〔註1〕《說文解字》中，「遇」「逢」互訓。王鳳陽（1993：577）對「遇」和「逢」進行了辨析：「遇」強調的是「會合」，「逢」是迎面相遇。「遇」是上古漢語的通語，「逢」在中古時期的使用頻率大大高於「遇」。

「碰」多於「撞」；到了程乙本中，情況有了細微的變化：表達「碰觸」義，前80回和後40回都是「撞」多「碰」少；表「遇見」義，「碰」已超過「撞」。可見，表「遇見」的「碰₂」取得優勢地位是從程乙本後40回開始的，且「碰₁」代替「撞₁」的進程要稍慢於「碰₂」。如下表：

表 4.1 《紅樓夢》庚辰本、程甲本、程乙本「碰」「撞」使用情況表

版 本	回 數	撞	碰	碰 觸		遇 見	
				撞₁	碰₁	撞₂	碰₂
庚辰本	80 回	61	4	46	4	15	0
程甲本	前 80 回	59	45	41	32	18	13
	後 40 回	29	34	15	16	14	18
程乙本	前 80 回	55	49	42	31	13	18
	後 40 回	29	36	15	13	14	23

另一方面，對比甲乙兩本，在乙本對甲本的改寫中，我們發現乙將甲的「撞見」改寫為「碰見」共 3 處，將「遇見」改為「碰見」1 處，將「逢著」改為「碰著」1 處。如下：

（1）庚：襲人聽了，復又驚慌說道：「這還了淂，倘或硴見了人，或是遇見了老爺，街上人擠馬碰，有個閃失也是頑得的？」

甲：襲人聽了，復又驚慌說道：「這還了得，倘或撞見了人，或是遇見了老爺，街上人擠馬碰，有個閃失也是頑得的？」

乙：襲人聽了，復又驚慌道：「這還了得，倘或碰見人，或是遇見了老爺，街上人擠馬碰，有個閃失也是頑得的？」（第 19 回）

（2）庚：前日我出城去，撞見了你們三房裏的老四，騎著大叫驢帶著四五輛車。

甲：前兒我出城去，撞見你三房裏的老四，騎著大叫驢帶著四五輛車。

乙：前兒我出城去，碰見你們三屋裏的老四，坐著好體面車。（第 24 回）

（3）庚：秋桐一時撞見了，便去伸舌告訴鳳姐說：「奶奶的名聲生是平兒夭（弄）壞了的。」

甲：秋桐撞見了，便去說舌告訴鳳姐說：「奶奶名聲生是平兒弄壞了
　　的。

乙：秋桐碰見了，便去說舌告訴鳳姐說：「奶奶名聲生是平兒弄壞了
　　的。」（第 69 回）

（4）庚：我長了這麼大，今是頭一遭兒生氣打人，不想就偏遇見了你。

甲：我長了這麼大，今日是頭一遭兒生氣打人，不想偏生遇見了你。

乙：我長了這麼大，頭一遭兒生氣打人，不想偏偏兒就碰見你了。
　　（第 30 回）

（5）庚：正好忽一逢（逢）此一驚在，便生計向寶玉道：「趁這個凡當快
　　妝病，只說唬著了。」

甲：忽然逢（逢）著這一驚，便生計向寶玉道：「趁這個機會快裝病，
　　只說嚇著了。」

乙：忽然碰著這一驚，便生計向寶玉道：「趁這個機會快裝病，只說
　　嚇著了。」（第 73 回）

（二）「遇見」義動詞「碰」「撞」的產生及發展

1. 撞

（1）撞₁

撞，《說文·手部》：「卂搗也。」《廣雅疏證·釋詁》：「撞、搗，刺也。」
「刺」為用手或用工具碰撞對象，屬「擊」的一種，我們稱為「撞₁」。「撞」
與「鍾」同源，故上古時期，「撞」的受事多為「鍾」，且「撞」「擊」常連用。
如：

（1）善待問者，如撞鐘，叩之以小者則小鳴，叩之以大者則大鳴，待其從
　　容，然後盡其聲；不善答問者反此。（《禮記·學記第十八》）

（2）其適遇淫君，外內頗邪，上下怨疾，動作闢違，從欲厭私，高臺深池，
　　撞鐘舞女。（《左傳·昭公 20 年》）

（3）鍾猶是延鼎也，弗撞擊將何樂得焉哉？（《墨子·非樂上第三十二》）

因是主動擊打，故「撞」的力度很大，其結果往往使對象破碎或倒地，如：

（4）師曠侍坐於前，援琴撞之，公披衽而避，琴壞於壁。公曰：『太師誰

撞?」師曠曰：『今者有小人言於側者，故撞之。』(《韓非子·難一第三十六》)

（5）交戟之衛士欲止不內，樊噲側其盾以撞，衛士仆地，噲遂入，披帷西向立，瞋目視項王，頭髮上指，目眥盡裂。(《史記·項羽本紀第七》)

（6）於是撞西北隅而入，孟孫見叔孫之旗入，亦救之，三桓為一，昭公不勝，逐之死於干侯。(《韓非子·內儲說下》)

例（4）、（5）中，「撞」前都出現了工具「琴」「盾」，施事的主動性很強。例（6）可理解為「衝」「闖」，動作與「刺」「搗」相近。

中古佛典文獻中，「撞」多見，多為「刺」「擊」義，常與「搗」連用。如：

（7）汝到城門，城門若閉，其城門邊，有金剛杵，汝便取杵，以撞其門。（賢愚經，元魏涼州沙門慧覺等在高昌郡譯）

（8）為復我身壽命欲盡。為共聖子恩愛別離。是故我今心如撞搗。戰動忙怕。不能自持。於睡眠中。忽然驚起。（佛本行集經，隋天竺三藏闍那崛多譯）

六朝開始，「撞」由有意的「擊打」引申為突然的「碰觸」，為運行動詞，常與處所名詞共現。如：

（9）謝太傅於東船行，小人引船，或遲或速，或停或待，又放船從橫，撞人觸岸。公初不呵譴。人謂公常無嗔喜。曾送兄征西葬還，日莫雨駛，小人皆醉，不可處分。公乃於車中，手取車柱撞馭人，聲色甚厲。(《世說新語·尤悔第三十三》)

（10）爾時世尊，先在彼立。既睹佛已，慚恥卻行。糞缾撞壁，尋即碎壞，糞汁流灌，澆污衣服。（大莊嚴論經，後秦三藏鳩摩羅什譯）

例（9）中，前一「撞」與「觸」對文，「人」是「撞」的受事，為「碰觸」義，後一「撞」則為「刺」義；例（10）中的「撞」義為「碰撞」，賓語「壁」表示處所。

唐宋元時期，「撞」的「碰觸」義逐漸多見，其後可直接加賓語，也可用於動補結構。如：

（11）鐵樞鐵楗重束關，大旗五丈撞雙鐶。（李賀詩）

（12）若據經文，但是說四者之來，便撞翻了這坐子耳。（《朱子語類》卷 16）

（13）又如律書說律，又說兵，又說文帝不用兵，讚歎一場。全是個醉人東
撞西撞！（《朱子語類》卷 135）

（14）如所謂『推倒牆，撞倒壁』，如此粗話，那時都恁地粗，卻有好處。
（《朱子語類》卷 123）

（15）鹿兒般撲撲撞胸脯，火塊似烘烘燒肺腑。（《新校元刊雜劇三十種・張
鼎智勘魔合羅》第一折）

（16）這孩兒從懷抱裏看生見長，子一句道得他小鹿兒心頭撞。（《新校元刊
雜劇三十種・李太白貶夜郎》第一折）

「撞₁」的意義經歷了由本義「擊打」到「碰觸」的引申過程。現代漢語中，
「撞₁」的「碰觸」義還很常用，不再舉例。本義「擊打」還保留在一些俗語如
「做一天和尚撞一天鐘」中。

（2）撞₂

諸宮調中，「撞」常與表結果的助詞「著」〔註2〕構成動補結構，如：

（17）交他去桃園內，吃得醺醺醉。俺撞著他到惡，便把入歐擊。願叔叔鑒
是非。（《劉知遠諸宮調》）

（18）若還撞著犄如鬼祟，纏繳殺你，不肯放東西。（《劉知遠諸宮調》）

（19）手約青衫，轉過欄干角。見粉牆高，怎過去？自量度。○又愁人撞著，
又愁怕有人知道。（《西廂記諸宮調》）

例（17）中的「撞」為「撞₁」，「碰撞」之後便會「看見」，例（18）的「撞」
可以理解為「碰撞」，也可理解為「遇見」；例（19）中的「撞」則僅表示突然
「遇見」，我們稱為「撞₂」，可歸為視覺動詞。《漢語大字典》首例引元代喬吉
《金錢記》第二折：「我待要趕時，不想撞著哥哥賀知章」，偏晚。

我們檢索的宋代文獻中，不見「撞₂」單用的例子，「撞₂」最常用於動補結
構「撞著」中，其對象常為現實的人或人的活動。如：

（20）今宵，閒打睡，明朝粥飯，隨分僧家。把木佛燒卻，除是丹霞。撞著

〔註2〕此處的「著」用於六朝及以前「感覺動詞＋著＋賓語」結構中，在唐代已可以直接表
示結果，比六朝時更為虛化。「逢」「遇」等「遇見」類詞唐代也可與「著」連用。
（據曹廣順 1995）

門徒施主，驀然個、喜捨由他。（南宋張元幹《滿庭芳》）

（21）我已多情，更撞著、多情底你。把一心、十分向你。（南宋石孝友《惜奴嬌》）

（22）嘗觀項籍並劉季，一怒世人愁。只因撞著，虞姬戚氏，豪傑都休。（南宋卓田《眼兒媚》）

（23）正行次，撞著一漢，高叫：「楊指使！」楊志抬頭一覷，卻認得孫立指使。（《大宋宣和遺事》）

「撞著」的對象也可以是某個事物或某種情況，此時的「撞」可以看作是「撞著＋人或人的活動」的泛化，「撞」的意義更虛，「撞著」的結合更加緊密，如：

（24）如人尋一個物事不見，終歲勤動，一旦忽然撞著，遂至驚駭。（《朱子語類》卷 27）

（25）今日撞著這事，便與他理會這事；明日撞著那事，便理會那事。（《朱子語類》卷 117）

（26）格物窮理，有一物便有一理。窮得到後，遇事觸物皆撞著這道理。（《朱子語類》卷 15）

（27）舜之德如此，又撞著好時節。（《朱子語類》卷 25）

（28）神宗繼之，性氣越緊，尤欲更新之。便是天下事難得恰好，卻又撞著介甫出來承當，所以作壞得如此！（《朱子語類》卷 130）

宋代，「撞₂」也開始與「見」〔註3〕連用，表示「遇見」，〔註4〕但很少見，且對象都是人。如：

（29）且如路中撞見如此等人，是不足親愛畏敬者，不成強與之相揖，而致

〔註3〕據李潤（1995），「見」在上古就由「看見」引申出「遇見」之義，如《左傳·桓公元年》：「宋華父督見孔父之妻於路，目逆而送之。」《爾雅·釋詁》：「遘、逢、遇、逆、見也。」郭璞注：「行而相值即是見。」唐宋時期，表「遇見」義的「見」開始與「遇、逢」等動詞組合，「見」在其中更重於表結果，助詞。

〔註4〕關於「見」是否為虛化結果補語，學術界有所討論。玄玥（2010）綜合各家，認為「見」不是虛化結果補語，它從表示有結果的視覺動作，發展為表示其他感覺動作的有結果，以及一般動作的完成結束，是「見」自身詞義的引申、擴展，是一種詞義演變現象；蕭紅（2011）則認為，中古的「視覺動詞＋見」結構先由先秦的連動結構重新分析為動補結構，後又類推至「非視覺動詞＋見」結構中，「V＋見」結構中「見」的語法化經過中古以來的發展，最遲唐五代已經完成。現代漢語中，「V＋見」已經由動補結構進一步凝固成詞，「見」進一步虛化為詞綴。我們同意蕭紅的觀點。

其親愛畏敬！（《朱子語類》卷 16）

（30）法眼一日。撞見他道。則兄爾後生家。白日茫茫。何不問事。（《虛堂
和尚語錄》）

元代，「撞見」的用例有所增加，但仍不及「撞著」多見。「撞著」的語法
化程度高，「著」的功能性更強，所支配的對象也更廣泛；「撞見」則剛剛興起，
語法化程度較低，「見」的語義滯留也限制了其後對象的擴展，故「撞見」的
對象也不如「撞著」豐富。如：

（31）范德友黉夜撞見何三於本家屋內，本人奔走，趕上用斧斫死。（《元典
章·刑部》卷之五）

（32）俺婆婆去取討，被他賺到郊外，要將婆婆勒死，不想撞見張驢兒父子
兩個，救了俺婆婆性命。（《竇娥冤》）

明代，「撞見」的使用更加頻繁，《三國演義》《水滸傳》《西遊記》、明民歌
中，「撞見」的使用頻率與「撞著」不相上下（9／12，37／46，25／25，4／6），
《金瓶梅》中，「撞見」的用例遠超過「撞著」（47／9）。「撞見」已凝固為一個
詞，與「撞著」的意義和用法也漸漸趨同，既可出現在被動句中，也能與「把」
共現，其支配的對象也常為謂詞性成分，二者形成混用之勢。如：

（33）洒家從前山去，一定吃那廝們撞見，不如就此間亂草處滾將下去。
（《水滸傳》第 4 回）

（34）再轉北門，火光裏正撞見呂布挺戟躍馬而來。（《三國演義》第 12 回）

（35）一聞我令，隨趕而來，適遇著我下他上，一時撞著這個機會，所以就
雨。（《西遊記》第 45 回）

（36）運來時，撞著就是趁錢的，火焰也似長起來；運退時，撞著就是折本
的，潮水也似退下去。（《二刻拍案驚奇》卷 15）

（37）敬濟在店內吃了午飯，又在街上閒散走了一回。撞見昔日晏公廟師兄
金宗明作揖，把前事訴說了一遍。（《金瓶梅詞話》第 98 回）

（38）誰知你膽大（就是）活強盜，不管好和歹，進門（就）摟抱著，撞見
個人來也，親親，教我怎麼好。（明民歌《掛枝兒》）

15 世紀的朝鮮漢語教科書《訓世評話》（共 65 則）由文言與白話兩部分組
成，書中共 6 例「撞見」，都出現在白話部分（b），而對應的文言文（a）有 2 例

用「遇」，如：

（39）a. 遇其夫未死，掘啖草根。／b. 撞見他的丈夫，還活在那裡挑草根吃。
　　　　　（第 17 則）

（40）a. 道會故舊石曼卿。／b. 路（？）邊撞見父親的故舊石曼卿。（第 43
　　　　　則）

（41）a. 遇見舊使蒼頭。／b. 撞見舊使喚的老漢子。（第 47 則）

1 例用「逢」：

（42）a. 於路忽逢一婦人。／b. 忽然路上撞見一個婦人。（第 5 則）

1 例用「值」：

（43）a. 忽值州官之行。／b. 這般要話去時，路上撞見大州官。（第 45 則）

1 例對應零形式：

（44）a. 時有葫蘆先生，不知何所從來。／b. 撞見一個葫蘆先生，不知
　　　　　從哪裏來。（第 5 則）

另一種朝鮮漢語教科書《朴通事諺解》（a）中「撞」共有 5 例（「撞 1」1
例；「撞 2」4 例），其中有 1 例「撞 2」與清代前期的《朴通事諺解新釋》（b）
不同，[註5]「撞著」被改為「撞見」：

（45）a. 後頭打圍的人們撞著射殺。／b. 後來有人向山中打圍，撞見弓王，
　　　　　放箭射殺了他。

明代文獻中，「撞到」也可以表「遇見」，僅檢得 2 例，如下：

（46）夫人休閃了手。容春香訴來。便是那一日遊花園回來，夫人撞到時節，
　　　　說個秀才手裏折的柳枝兒，要小姐題詩。（《牡丹亭》第 16 齣）

（47）這青天白日幹這樣事，倘是有人撞到，卻不穩便。（《鼓掌絕塵》）

我們調查的清代文獻中，表示「遇見」「看見」的「撞到」少見。但現代漢
語方言中，「撞到（倒）」還用於成都、貴陽、南京、揚州、南通、東莞、梅縣
等地。

　2.「碰」

　碰，又作「挵」。《字彙》：「挵，蒲孟切。」「碰」產生之初多用於「碰觸」

[註5] 另 1 例異文為「撞 1」：a. 擂鼓撞磬，念經念佛。／b. 擂鼓敲磬，看經念佛。

義（我們稱為「碰₁」），後引申為「遇見」「看見」（我們稱為「碰₂」），引申的
過程與「撞」相同。

「碰₁」在明末清初的《醒世姻緣傳》中就出現了 25 例，全部用於「碰觸」
義，《漢語大字典》首例引《紅樓夢》《漢語大詞典》首例引《何典》，稍晚。「碰
₁」動作主體和對象往往是「頭」。如：

（1）你可是喜的往上跳，碰的頭腫得象沒攬的柿子一般。（《醒世姻緣傳》
第 21 回）

（2）可是喜的一個家摳耳撓腮，也怪不得晁思才跳的碰著屋頂！

「碰₁」也寫作「硼」「磞」。硼，《集韻·耕韻》：「硼，石名。披耕切。」
又意為「碰」，例舉清蒲松齡《增補幸雲曲》第 9 回：「頭上硼了些大疙瘩。」

磞，《玉篇·石部》：「磞，擊石也。」用同「碰」，有「撞擊」和「遇到」二
義，首例分別舉孔尚任《桃花扇·逢舟》：「香君懼怕，磞死在地」和《紅樓夢》
第 16 回：「幸虧我在屋裏磞見了」。按：「磞」與「碰」在「擊」義上相關，為
同義詞，故都可引申出「遇見」義。「硼」「磞」例如：

（3）要我怎生，要我怎生？不如死了眼不睜！照著那南牆，只顧使頭硼！
（《聊齋俚曲集·翻魘殃》）

（4）鳳姐道：「磞一點兒，你可仔細你的皮！」（《紅樓夢》甲戌本第 6 回）

例（4）中的「磞」，甲辰、程甲、乙作「碰」，庚辰、己卯、夢稿、蒙府、
戚序本、舒序本、列藏本均作「磞」。

偶而也寫作「蹦」，如：

（5）嫂子說話蹦心坎，句句何曾差一點！（《聊齋俚曲集·琴瑟樂》）

據《漢語大字典》，「蹦」與「硼」在「跳」義上可通用，但此例中的「蹦」
為「碰觸」義，《漢語大字典》失收，應補。

現代漢語方言中，「碰₁」可獨用，也常與「著」「到」「上」連用，見於絕
大多數方言中。

「碰₂」最早見於程高本《紅樓夢》，《紅樓夢》脂本系統諸版本用「磞」，
如：

（6）賈芸偶然碰了這件事，心下也十分稀罕。（程甲本第 24 回）

此例中的「碰」，《紅樓夢》庚辰本、己卯本、蒙府本、戚序本、鄭藏本、舒

序本、列藏本均作「硼」。再如：

> （7）到還是捨著我這付老臉去硼一硼，果然有些好，大家都有益。（甲戌本第6回）

此例僅甲辰、程甲、乙為「碰」，其餘各本均作「硼」。

程高本《紅樓夢》以後，「碰」的字形慢慢固定下來，表「碰撞」的「硼」、兼表「碰觸」「遇見」的「硼」逐漸消失。

「碰₂」可與「見」「著」「到」「上」連用，並沿用到現代漢語中。例如：

> （8）剛到二門口，可巧碰見孫亮功進來，孫氏弟兄站在一邊。（《品花寶鑒》第2回）

> （9）況又這等處處周到，事事真誠，人生在世，也就難得碰著這等遭際。（《兒女英雄傳》第22回）

> （10）這件事幸而碰到我，如果碰到別人，還要罵你撒賴呢！（《二十年目睹之怪現狀》第2回）

> （11）前年小的往譚宅去，碰上這茅家去拜這譚紹聞。（《歧路燈》第31回）

（三）動詞「碰」「撞」在清代文獻及現代漢語方言中的分布

1. 清代「碰」對「撞」的歷時替換

表4.2　清代文獻「撞」「碰」使用情況表

文獻		醒世姻緣傳	聊齋俚曲集	歧路燈	儒林外史	紅樓夢前80回（乙）	紅樓夢後40回（乙）	品花寶鑒	兒女英雄傳	官場現形記	老殘遊記	二十年目睹之怪現狀	孽海花	何典	海上花列傳	小額
地域		山東	山東	中原	江淮	北京	北京	北京	北京	江淮	江淮	江淮	江淮	吳語	吳語	北京
撞		167	43	61	25	55	29	27	22	29	2	13	20	18	40	4
碰		25	12	7	1	49	36	47	44	183	19	112	38	6	185	12
碰觸	撞₁	42	20	34	21	42	15	23	7	27	2	13	18	8	37	4
	碰₁	25	25	4	1	31	13	31	23	85	9	45	16	3	69	4
遇見	撞₂	125	23	27	4	13	14	4	15	2	0	0	2	10	3	0
	碰₂	0	0	3	0	18	23	16	21	98	10	67	22	3	116	8

由於「碰」出現很晚，從《醒世姻緣傳》到《紅樓夢》程乙本前 80 回，「撞」的使用頻率一直高於「碰」。《紅樓夢》程乙本後 40 回開始，新興的「碰」迅速發展，數量超過了「撞」，且這種情況一直延續到 19 世紀中後期的《品花寶鑒》《兒女英雄傳》中。吳語小說《海上花列傳》中，「碰」和「撞」的比例達到了 4.6：1，且「碰」在敘事語言和對話中皆用。之後的「晚清四大譴責小說」中，「碰」已占絕對優勢，「碰」的盛行可見一斑。具體而言，清初到清中葉，表達「碰撞」義以「撞₁」為主，19 世紀中期，「碰₁」開始超過「撞₁」，逐漸佔優勢；「碰₂」則從《紅樓夢》程乙本就開始略多於「撞₂」了，到 20 世紀初，「碰₂」已徹底取代「撞₂」，成為通語，後者已不用或零星使用。

2. 地域差異

清代初期到中葉的文獻中，「撞」始終占主導地位，如《歧路燈》《儒林外史》和《紅樓夢》庚辰本中，「碰」還只是零星出現，且都為「碰觸」義，不見「遇見」義；程高本中，「碰」的用例大大增加，逐漸代替「撞」，「碰觸」「遇見」兼表，逐漸成為主導詞。但吳語小說《何典》中，無論表「碰撞」還是「遇見」，都是「撞」多於「碰」，可見「碰」對吳語的滲透相對緩慢和滯後。

甲乙兩本的問世時間相隔僅兩個多月，這麼短的時間內仍將「撞見」「遇見」等改為「碰見」，可以看出程、高等人愛用北方詞「碰」的傾向。本文所舉「撞」「碰」不同版本的改寫又可以為胡文彬（2009）的論斷提供一個佐證。

英國人威妥瑪編寫的漢語教材《語言自邇集‧談論篇》（1867）全面採用了滿漢教材《清文指要》（1809）的內容，核對異文可以發現，在改寫中，也有 1 例將「遇見」改為了「碰見」，如：

> a. 遇見一個莊稼漢子，指著說：那裡有一個金錁子，你去取來罷。
> （清文指要）
> b. 碰見一個莊稼漢。告訴他說，那兒有一個金元寶，你去揀去罷。
> （自邇集‧談論篇）

這也可以反映出《語言自邇集‧談論篇》用詞方面北方官話的鮮明特點。

3.「碰」「撞」在現代漢語方言中的分布

據《現代漢語方言大詞典》，「碰」「撞」二詞在現代漢語方言中分布情況如下表：

表 4.3 43 個方言點「碰」「撞」使用情況表

語言		方言點	碰	撞	其他
東北		哈爾濱	碰見		赶著‥逢②
北京		北京	碰見		
冀魯		濟南	碰見②=碰上②=逢見=逢上		逢見=逢上=碰見②=碰上②
膠遼		牟平	碰①②		逢
中原		洛陽	碰見		
		西安	碰①②‥碰見	撞①	遇
		萬榮	碰②		逢
蘭銀		西寧	碰見=碰上	撞①	
		銀川	碰著②		
		烏魯木齊	碰①②‥碰上=遇見		遇見=碰上‥碰①‥碰住=碰上②
西南		成都	碰倒=撞倒=遇倒	撞倒=遇倒=碰倒	遇倒=碰倒=撞倒
		貴陽	碰倒=遇倒	撞倒②‥撞①②	遇倒=碰倒
		柳州	碰見=撞見	撞②‥撞見=碰見	逢
		武漢	碰倒=遇倒②		遇倒②=碰倒
江淮		徐州	碰著=碰見	撞①	逢著=逢見
		南京	碰著①②	撞①‥撞到②	
		揚州	碰到=碰見=撞到=撞見	撞到=撞見=碰到=碰見	
		南通	碰②‥碰見	撞到②	
吳語	北部	丹陽	碰到①②‥碰著=碰見=遇著	撞①	遇著=碰著=碰見
		崇明	碰①②		
		蘇州	碰著②	撞①②	
		上海	碰著①②=碰到		
	南部	杭州	碰①②‥碰到②	撞①	
		寧波	碰著①②‥		
		金華	碰=胖=棒=撞②	棒②‥撞②=碰=胖=撞②碰=胖著=棒著=撞著=碰著②‥碰=棒=胖	
		溫州		撞著②	
晉語		太原	碰見=遇見		遇見=碰見
贛語		南昌	碰①‥碰到②		逢到
		黎川	碰到②		
		萍鄉	碰①‥碰到②		
閩語		建甌	碰著①②		
		福州	碰①②‥碰著②		逢
		廈門	碰①	撞①‥撞著②	拄撞②‥拄著②
		雷州	碰①碰倒②		
		海口	碰①		遇見
粵語		廣州	碰①②	撞①②‥撞面	
		東莞		撞①‥撞倒②	偶遇
客家		梅縣		撞①②‥撞到①②	遇倒‥見到
		於都	碰①②‥碰倒②=逢倒		逢倒=碰倒②
徽語		績溪	碰①②‥碰著①②	撞①	
湘語		長沙	碰噠		
		婁底	碰著=撞著	撞①②‥撞著=碰著	
南寧平話			碰①②‥碰見=撞見=闖見	撞見=闖見=碰見	

具體特點如下：

（1）官話區內部呈現細微差別：北方官話（東北、北京、冀魯、膠遼、蘭銀）中，「碰」為表達「遇見」義的主導詞，不用「撞」，個別地方用「遇」「逢」；表達「碰觸」也主要用「碰」，不用「撞」；南方官話（西南、江淮）中表「遇見」常使用「撞」，通語「碰」也用，使用「撞」表「碰觸」的方言點增多。中原官話表達「遇見」與北方官話相同，用「碰」，不用「撞」，個別地方用「遇」「逢」，但表「碰觸」則是「碰」「撞」齊用。

（2）吳語的情況與南方官話相似，表「碰觸」「遇見」都是「碰」「撞」齊用。晉語、贛語、徽語、平話「碰」多用，湘語、閩語、粵語以用「撞」。

（四）小　結

（1）「撞」和「碰」的語義有著相似的發展軌跡，都是由「碰觸」義引申為「遇見」義，但二者表達「碰觸」和「遇見」的時間不同：表「碰觸」的「撞₁」產生於六朝，宋代便發展出「撞₂」表「遇見」；「碰₁」則明末清初才產生，18 世紀末期「碰₂」出現並迅速使用，到 19 世紀末 20 世紀初，「碰」已經處於絕對優勢，成為通語。

（2）北方方言中，「碰」對「撞」發生了徹底的替換。「撞₁」「撞₂」尤其是後者不用於北方；南方方言中，「碰」對「撞」的替代並不徹底，在多個方言區都出現「碰」「撞」混用的情況。

二、「迎接」義動詞：迎、接

表示「一方有意地對來人的迎接」，上古漢語用「迎」「逆」，〔註6〕東漢開始，「接」也用於表達該義。中古以後，並列式合成詞「迎接」多見，宋代開始，「接」單用的例子多見，並與「迎」展開競爭，現代漢語中，「迎」已不能單用，「接」逐漸取代「迎」，成為現代漢語口語中表達「迎接」的主導詞。據孟琮《漢語動詞用法詞典》（1999：200），表「迎接」義的「接」後可以直接跟名詞賓語，也可跟時量補語（如：接了兩趟），還可以用於動結式（如：我明天有事，接不了客人了）、動趨式（如：把媽媽接來住幾天）。二者之所以會有這種差別，是因為二者有著不同的發展軌跡。本節將考察「迎」「接」的意

〔註6〕「逆」和「迎」的區別參見王鳳陽《古辭辨》。

義演變，並結合現代漢語方言，探討明清以來二者的分布特點。

（一）程高本《紅樓夢》及同時代朝鮮漢語教科書中的「迎」和「接」

對比《紅樓夢》程甲、乙本，我們發現，乙本中有 1 處「迎」對應甲本的「接」。如下：

> （1）甲：當下賈母等吃過了茶，又帶了劉老老至櫳翠庵來，妙玉忙接了進
> 去。
>
> 乙：當下賈母等吃過了茶，又帶了劉老老至櫳翠庵來，妙玉相迎進
> 去。（第 41 回）

此例中，妙玉「迎接」賈母、劉姥姥等人，為「人來而迎接」。程甲本以及北師大本、列藏本、庚辰本、戚序本、蒙府本、夢稿本、東觀閣本都用「接」，只有程乙本用「迎」。

同時期的朝鮮漢語教材《老乞大新釋》（1761）和《重刊老乞大》（1795）中，表達「到某地迎接」義，「迎」「迎接」和「接」並用。如：

> （1）新：我同一個火伴先去，尋個好店占住下處，再來迎接你們如何？
> 重：我同一箇火伴先去，尋個好店占住下處，再來迎接你們如何？
>
> （2）新：那麼著，你兩個先去，我兩個後頭，慢慢的趕牲口去，先去躧店
> 的，出來接著我們罷。
> 重：那麼著，你兩個先去，我兩個後頭慢慢的趕牲口去，先去躧店
> 的，出來接著我們罷。
>
> （3）新：建除滿平，定執破危，成收開閉，你只這二十五日起程回去，寅
> 時往東迎喜神去，大吉利。
> 重：建除滿平，定執破危，成收開閉，你只這二十五日起程回去，寅
> 時往東迎喜神去，大吉利。

可見，與現代漢語不同的是，程高本《紅樓夢》時代，「迎」和「接」都可以單獨使用，並可以同義替換。

（二）「迎接」義動詞「迎」「接」的產生及發展

1. 迎

「迎」的初文為「卬」。《說文・竹部》：「卬，望，欲有所庶及也。」據孫廣明（2010），從辵之「迎」字甲骨文、金文、戰國簡帛印璽字均不見，最早

的就是小篆字。馬敘倫云：「迎為印之後起字。」「印」字在小篆之前就有使用。甲骨文、金文中，「印（迎）」多用於莊重場合，既可表示遠距離「迎人」，也可表示「近距離來人出門迎之」。《說文·辵部》：「迎，逢也。」《方言》卷一：「逢、逆，迎也。自關而東曰逆，自關而西或曰迎，或曰逢。」可見，上古漢語中，表示「迎接」義，「迎」「逆」是同義詞，但使用地域有別。又因是「欲有所庶及」，故與「逆」相比，〔註7〕「迎」表示「迎接」義的主動性更強。據王彤偉（2010）指出，上古漢語「逆」的使用多於「迎」，在戰國晚期以前的文獻中二者分布較為整齊，在語用、語法的特點上具有一致性。隨著關西方言地位的提升，「迎」最晚在秦漢時期已成為了「迎接」範疇的基本範疇詞，中古文獻中，「逆」的使用也呈逐漸退出的態勢。

《廣韻》中，「迎」分平、去兩讀：一為疑母庚韻，語京切，逢也；一為疑母映韻，魚敬切，迓也。平聲的「迎」與「逢」是近義詞，都強調一方與另一方「在某一地點的會面」，去聲「迎」與「迓」〔註8〕同義，均指主體需通過相對長距離的位移而達成的會面。《洪武正韻·庚韻》：「迎，凡物來而接之則平聲，物未來而往迓之使來則去聲。」可知，平聲「迎」（本文稱為「迎1」）是「人（物）來而迎接」，我們稱為「迎1」，去聲「迎」（本文稱為「迎2」）則是「到某地接人（物）來」。

上古時期，「迎1」多見，其反義詞為「送」，表示「迎接」時側重表達禮遇的態度，常用於上對下的接見，迎接者或在駐地等候「迎接」（迎1A），或近距離前行「迎接」（迎1B）；「迎2」則強調「接取」這一動作，指的是離開駐地到距離較遠的地方接某人回駐地，故經常是迎接者受到上級的派遣去某地接人，

〔註7〕王彤偉（2007）指出：中古文獻中，「逆」在「迎接」範疇中意義重點逐步向非善意的「迎擊」側重。我們同意這一論斷，但王文似乎認為「逆」的「非善意的迎擊」與「逆」的「不順、違逆」義的發展有關聯。我們認為，二者詞義上的不同發展方向並非源於「善意」與「非善意」之別，應聯繫各自的詞源來考慮：「逆」的初文為「屰」。《說文·干部》：「屰，不順也。」段玉裁注：「後人多用逆。逆行而屰廢矣。從干下屮，屰之也。……凶下云：象地穿交陷其中也，方上干而下有陷之者，是為不順。」可見，「逆」的「不順」義來源於本字「屰」，而「迎擊」之義源自由「迎接」義引申中的「迎受、接受」。

〔註8〕《說文解字》有「訝」無「迓」，「迓」為徐鉉後加。《說文》：「訝，相迎也。《周禮》曰：『諸侯有卿訝也。』從言，牙聲。」段注：「此下鉉增『迓』字。云『訝或從辵』，為十九文之一。按：迓，俗字。出於許後。衛包無識，用以改經，不必增也。」據《王力古漢語字典》，古籍中「迓」有主動迎接、迎擊之義，「訝」除迎接義外，還有驚訝義。

也可以指「迎請」。如下圖所示：(「甲地」和「乙地」代表兩個地點，A、B代表兩個人)

圖 4.1 「迎 1」「迎 2」語義圖

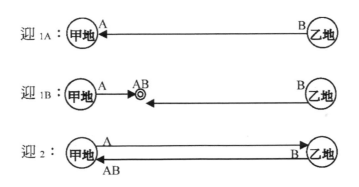

「迎 1」的賓語可以是人，也可以是四季時令，或用介詞短語強調「迎接」的地點，或在前用「出」「來」，體現由內而外的短距離迎接。如：

（1）哀公迎孔子，席不端弗坐，割不正弗食。(《墨子·非儒下》)

（2）立夏之日，天子親率三公九卿大夫，以迎夏於南郊。(《呂氏春秋·孟夏紀》)

（3）君使士迎 2 於竟，大夫郊勞，君親拜迎 1 於大門之內而廟受，北面拜貺，拜君命之辱，所以致敬也。(《禮記·聘義》)

（4）主人對曰：「某也固辭，不得命，敢不敬從！」出迎於門外，再拜。(《儀禮·士相見禮》)

（5）晉趙盾欲立之，使隨會來迎雍，秦以兵送至令狐。(《史記·秦本紀》)
這一時期的「迎 1」常用於連謂結構中。如：

（6）子貢曰：「冕而親迎，不已重乎？」(《春秋穀梁傳·桓公三年》)

（7）逐於魯，疑於齊，走而之趙，趙簡主迎而相之。(《韓非子·外儲說左下》)

（8）公狗之猛，人挈器而入，且酤公酒，狗迎而噬之，此酒所以酸而不售也。(《晏子春秋·內篇問上》)

（9）方今高帝子獨淮南王與大王，大王又長，賢聖仁孝，聞於天下，故大臣因天下之心而欲迎立大王。(《史記·孝文本紀》)

（10）鮑叔牙迎受管仲，及堂阜而脫桎梏，齋祓而見桓公。（《史記·齊太公
世家》）

「迎₂」常與「之」「往」等表示位移的動詞共現，或者用標記「於」表示
位置的移動，也可與表示「派遣」義的動詞「使」「遣」等共現，還可用介詞「於」
表示位置移動的地點。如：

（11）齊王疾痏，使人之宋迎文摯。（《呂氏春秋·仲冬紀》）

（12）晏子對曰：「請召占夢者。」出於閨，使人以車迎占夢者。（《晏子春
秋·內篇雜下》）

（13）齊人殺無知而迎公子糾於魯，公子小白不讓公子糾，先入，又殺之於
魯。（《春秋穀梁傳·莊公九年》）

我們對先秦兩漢文獻中「迎₁」「迎₂」的使用頻率進行了檢索統計，如下表：

表 4.4　先秦兩漢「迎₁」「迎₂」使用情況表

	禮記	儀禮	孟子	韓非子	晏子春秋	戰國策	呂氏春秋	史記	漢書
迎₁	34	39	10	8	8	22	9	47	93
迎₂	4	1	0	0	2	7	8	92	64

由上表可以看出，先秦文獻中「迎₁」的使用數量居多，「迎₂」超過「迎₁」
的僅有《史記》，其「迎₂」的使用頻率幾乎是「迎₁」的 2 倍，但在《漢書》
中，「迎₁」的使用頻率再次超過「迎₂」，這可能與其的語言的典雅風格有關。
雖如此，「迎₂」的使用頻率較之前也有顯著增加。可見，在漢代，「迎」成為「迎
接」義主導詞後，其詞義內部也逐漸產生了新的變化，在「迎₁」延續主導詞的
語義特點的同時，側重表達「接取」動作的「迎₂」也逐漸興起。

中古時期，「迎」常與「接」連用，佛經文獻中使用較多，多為表示「人（物）
來而迎接」的「迎₁」，如：

（14）遙見水上有黃雲蓋，相師占已，黃雲蓋下，必有神人，遣人水中而
往迎接，立以為王。（元魏·西域三藏吉迦夜共曇曜譯《雜寶藏經》）

（15）我聞佛語，出家之人，道尊俗表，唯德是務，豈以服飾出迎接乎？遂
便靜默端坐不出。（同上）

（16）爾時慈者，便作是念，其先已曾見於銀城，於其城內，有四女人，迎

接於我，又詣金城時，彼城內有八女人，出迎於我。（隋‧天竺三藏闍那崛多譯《佛本行集經》）

（17）爾時世尊漸漸行到恒河岸邊，至於彼已，而恒河畔有一船師，遙見世尊向已〔註9〕而來，從坐速起，急疾向前，迎接世尊。（同上）

（18）時諸上座遙見差摩比丘扶杖而來，自為敷座，安停腳機，自往迎接，為持衣鉢，命令就座。（宋‧天竺三藏求那跋陀羅譯《雜阿含經卷》第五）

唐代，「迎」「接」連用多見，「迎」也用於「迎候」「迎拜」「迎請」等同義組合中，此外，還出現了「迎駕」的用例。這些組合中的「迎」，多表示「人（物）來而迎接」的「迎₁」。如：

（19）女父母事畢憶女，乃往訪之，正見朱門崇麗，扣門，隱者與女俱出迎接。（《廣異記‧衡山隱者》）

（20）禪師是日領僧徒谷口迎候，文宣問曰：「師何邃此來？」（《朝野僉載》卷二）

（21）吾師果至人。且我元和十三年為丞相張公從事，於北都，嘗夢行晉山，見其上皆白羊，有牧者十數迎拜我。（《宣室志》卷九）

（22）令中書門下，排比釋、道、儒三教，同至福光寺內，迎請遠公入其大內供養。（《敦煌變文校注》卷二）

（23）滎陽鄭德懋，常獨乘馬，逢一婢，姿色甚美，馬前拜云：「崔夫人奉迎鄭郎。」鄂然曰：「素不識崔夫人，我又未婚，何迎之有？」（《宣室志》卷一〇）

（24）女答：更深月朗，星斗齊明，不審何方貴客，侵夜得至門庭？兒答：鳳凰故來至此，合得百鳥參迎。（《敦煌變文集新書》卷六）

（25）至發軍食，常自負米一石登舟，大將已下皆運，一日之中，積載數萬斛，後大修石頭五城，召補迎駕子弟，亦招物議也。（《唐國史補》卷上）

「迎」的對象也由人擴大至「喪靈」「佛骨」「乘輿」等。例如：

〔註9〕按文意，此處「已」應為「己」。

（26）嘗大病，鄉人誤傳已死，其妻自河北來迎喪。（《唐摭言》卷八）

（27）泚以段秀實為心膂，發銳卒三千奉迎乘輿，陰起逆謀。（《奉天錄》卷一）

（28）咸通癸巳歲，有詔迎佛骨於岐下。（《唐闕史》卷下）

元明時期，「迎」仍為表達「迎接」義的主導詞，「迎 2」少見，明清時期，「迎」的使用頻率有所下降。「迎」的語義也逐漸發展為以「迎 1」為主，意為「人來而迎接」。如：

（29）生驚視之，紅娘抱衾攜枕而至，謂生曰：「至矣！至矣！」生出戶迎鶯，但見欲行欲止，半笑半嬌。（《西廂記諸宮調》）

常用於趨向動詞前或後，如：

（30）玄奘直至寺裏，僧人下榻來迎。（《西遊記》第 12 回）

（31）雷橫見劉唐趕上來，呵呵大笑，挺手中樸刀來迎。（《水滸傳》第 14 回）

（32）時操方解衣歇息，聞說許攸私奔到寨，大喜，不及穿履，跣足出迎。（《三國演義》第 30 回）

（33）有白雲童兒報曰：「太乙真人在此。」天尊迎出洞來，對真人攜手笑曰：「你的徒弟，叫我教訓。」（《封神演義》第 14 回）

（34）剛在廳上飲得一杯茶罷，忽聽報婁公子來，同了韋丞相迎入中堂。（《鼓掌絕塵》第 18 回）

（35）待不多時，只聽得張瑞風洶洶而來。晁住迎將出去，說道：「張師傅，拜揖。這向張師傅好麼？」（《醒世姻緣傳》第 43 回）

（36）說罷，去報與主人說：「是高大叔來了。」王子雅即時迎出，拱了一拱說：「妙哉，妙哉！」（《聊齋俚曲集·禳妒咒》）

（37）門上人進來享道：「高大老爺到了。」薛鄉紳迎了出去。（《儒林外史》第 34 回）

（38）安太太正在盼望，晉陞進來回：「張太太同張姑娘過來了。」安太太連忙攙了人迎將出去。（《兒女英雄傳》第 12 回）

（39）陳小雲領洪善卿徑到樓上房裏，金巧珍起身相迎。（《海上花列傳》
第 25 回）

現代漢語方言中，「迎」已成為較文言的說法，可單用，如廈門方言，更多
用於「迎親」「迎客」「迎菩薩」等固定搭配中，見於濟南、牟平、西寧、南京、
溫州、揚州、丹陽、成都〔註10〕、貴陽、建甌、雷州、黎川、梅縣等方言點。
（《現代漢語方言大詞典》）

2. 接

《說文・手部》：「接，交也。」徐灝注箋：「接者，相引以手之義，引申為
交接之稱。」《廣雅・釋詁》：「接，合也。」可知，「接」意為交接、交往。引
申為接待、對待。孫廣明（2010）認為「接」的「迎接」義是從同音古文「卩」
而得，後獨佔此義。但我們考察上古文獻，「接」用於「迎接」義的例證罕見，
多用作「交接」「接待」義，如：

（1）故君子之接如水，小人之接如醴；君子淡以成，小人甘以壞。（《禮記・
表記》）

（2）其交也以道，其接也以禮，斯孔子受之矣。（《孟子・萬章下》）

（3）雖有賢者，而無禮以接之，賢奚由盡忠？（《呂氏春秋・孝行覽》）

（4）故君子之度己則以繩，接人則用枻。度己以繩，故足以為天下法則
矣；接人用枻，故能寬容，因眾以成天下之大事矣。（《荀子・非相》
按：「接人」即為「待人」。）

（5）入則與王圖議國事，以出號令；出則接遇賓客，應對諸侯。（《史記・
屈原賈生列傳》）

由於「接待」也是「禮遇」的一種，故「接」與前述「迎1」可以看作近義
詞。上古文獻中，「接」可與「見」連用，用於天子接見諸侯等上對下的場合。
如：

（6）諸侯之大夫，以時接見乎天子。（《儀禮・喪服》）

我們考查的唐以前的文獻中，沒有發現「接」表示「人（物）來而迎接」
（本文稱為「接1」）的用例。這可能與「迎」從上古後期開始取得「迎接」義

〔註10〕成都方言中的「迎親」，通常說「接新娘子」「接新媳婦」。

主導詞的地位有關。六朝時期，開始出現疑似「接」表示「到某地迎接」（本文稱為「接₂」）的用例，〔註11〕但用例較少。如：

（7）遙見海中有二人現，浮游水上，漁人疑為海神，延巫祝備牲牢以迎之，風濤彌盛，駭懼而返。復有奉五斗米道黃老之徒曰：「斯天師也。」復共往接，風浪如初。（《古小說鉤沉・旌異記》）

（8）是諸商客即往詣之，接為主人。（《經律異相》卷三七）

例（7）（8）的「接」雖可看作「接₂」，但也可按「招待」「款待」義理解。由於用例不多，僅能看作「接」用作「迎接」義的萌芽。

直到唐代，「接」絕大多數情況下尚不能獨立表達「迎接」義，而是多與「迎」連用，為表示「人（物）來而迎接」的「接₁」，如：

（9）所經官府，莫不迎接請謁吳君，而吳君皆與之抗禮，即不知悉何神也。（《古小說鉤沉・幽明錄》）

（10）入門鄰里喧迎接，列坐兒童見等威。（蕭項《贈翁承贊漆林書堂詩》）

（11）時具壽阿難陀遙見諸苾芻。於同梵行者起憐愛心。遙唱善來即前迎接。（義淨譯《根本說一切有部毗奈耶》）

（12）太子遙見重臣，遂即下階迎接。（《敦煌變文校注》卷四）

（13）直到十六，有一個禪師來，才望見，走出，過門前橋迎接禮拜，通寒暄。（《祖堂集校注》卷三）

此時的「接」也可表示「到某地迎接」的「接₂」，如：

（14）身既浮湧，腳似履地，尋而大軍遣船迎接敗者，遂得免濟。（《古小說鉤沉・冥祥記》）

上例中的「迎接」，可以理解為「迎而接之」。「接待」作為「迎接」的後續動作，因與「迎接」義相關，又常處於連動結構的後一位置，也很容易逐漸被「沾染」上前面「迎」的「迎接」義。

唐詩中，「接」已可與「迎」對文出現，表示「迎接」。如：

（15）舞接花梁燕，歌迎鳥路塵。（唐太宗《登三臺言志》）

〔註11〕《說文》桂馥《義證》：「《淮南子・覽冥訓》：『不將不迎。』高注：『將，送也。迎，接也。』」若高注屬實，則「接」東漢時就已與「迎」同義。但今本《淮南子》高注無此。

（16）林僧開戶接，溪叟掃苔迎。（李中《獻中書張舍人》）

「接駕」一詞此時也已產生：

（17）朕當選擇施行，不得容易接駕。（《全唐文》卷一〇九）

宋代，「接」單用表示「迎接」的用例有所增加，如：

（18）所有迎接儀仗，亦請依例準備等接。（《大京弔伐錄》卷三）

（19）賈奕聞之，急令請至。通判入門，賈奕降階接上廳，分尊卑坐。（《大宋宣和遺事·亨集》）

（20）良久，入一府，見主者被古諸侯服，起而接公，且詫以同姓名而誤追，亟命公還。（《括異志》卷二）

（21）且黃梅與員外尊長同來，比約同至縣，及宿洪州之明日，員外尊父忽令某先來報，員外請製新衣，借僕馬來，沿路等接。（《洛陽縉紳舊聞記》卷二）

《朱子語類》中「接₁」用例較多，如：

（22）先生留寒泉殯所受弔，望見客至，必涕泣遠接之；客去，必遠送之。（《朱子語類》卷八九）

（23）上蔡既受書，文定乃往見之。入境，人皆訝知縣不接監司。論理，上蔡既受他書，也是難為出來接他。既入縣，遂先修後進禮見之。（《朱子語類》卷一〇一）

（24）蔡自府乘舟就貶，過淨安，先生出寺門接之。（《朱子語類》卷一〇七）

（25）一日，引入書院，久坐。忽報有客，龜山出接，士人獨坐，凝然不動如故。（《朱子語類》卷一三三）

　　與唐代用例相比，宋代的「接」，已經開始走上單獨表示「迎接」義的道路，但由於與「迎」連用多表示「人（物）來而迎接」，故這一時期的「接」以「接₁」居多。

　　與「迎」的發展軌跡類似，「接₂」也逐漸興起，由於「接」的詞義偏重表示動作，元明時期，表示「到某地迎接」的「接₂」使用頻率大大增加，多見於口語性較強的文獻中，前後常用「來」「進去」等趨向動詞或「派遣」義動詞「教」「差」等，與現代漢語中「到某地迎接」的「接」意義和用法相同。例如：

（26）這裡離成皋關則是　射之地，你言請我降漢，交天子擺平張鑾駕，出

境來接，兀的天子為甚不來接？（《新校元刊雜劇三十種‧漢高皇濯
足氣英布》二折）

（27）賣貨郎哥哥！你與我寄個信到家，交來接我咱！（《新校元刊雜劇三
十種‧張鼎智勘魔合羅》一折）

（28）待孤七載之後災滿，自然榮歸，你切不可差人來接我，此是至囑至
囑，不可有忘！（《封神演義》第一〇回）

（29）家童來報高聲說，兄弟在那些？我去親自接，不由我添歡悅。（《新校
元刊雜劇三十種‧死生交范張雞黍》二折）

（30）也先亦說：「大臣怎麼不出來接皇帝進去？養狗還認得主人，我把皇
帝送到門口，都不來接皇帝進去有！」聖旨：「你每都回去！到家裏
說：教大臣每出來見太師，接我進去！」（《正統臨戎錄》）

（31）我和你單夫只妻，我不接，教誰人接！（《新校元刊雜劇三十種‧岳
孔目借鐵拐李還魂》二折）

（32）玄德在路一月，離徐州三十里，至帖口店上，徐州官員衙府百姓來
接。（《新刊全相平話三國志》卷三）

（33）嘗搭公文進，今日胥門接某大人，明日閶門送某大人。（《山歌‧雜詠
長歌》）

（34）老者就叫小廝祖壽出來，同了辨悟到舟中，來接那一位師父。（《二刻
拍案驚奇》卷一）

（35）往來多是朝中貴人，東家也來接，西家也來迎，或是行教，或是賭
勝，好不熱鬧過日。（《二刻拍案驚奇》卷二）

這一時期，「接著」「接取」「接住」時見。如：

（36）姬昌使出岐州，來接殿使。出城行數里，接著殿使、各下馬禮畢、迎
入岐州內。（《新刊全相平話武王伐紂書》卷上）

（37）回下處修書，打發湖州跟官人役，兼本衙管家，往舊任接取家眷黃州
相會。（《警世通言》三卷）

（38）且說子牙借水遁，回到宋異人莊上。馬氏接住：「恭喜大夫今日回
家！」（《封神演義》一八回）

15 世紀朝鮮漢語教科書《訓世評話》文白對照中，「接」共 3 例，均用於白話部分（b），而對應的文言文（a）用「迎」。另文言文有 2 例「迎」，白話文用「請」「迎見」〔註12〕如：

（39）a. 使嬰領鑾駕迎之女到門內。／b. 著晏嬰鸞駕去接者無豔來。（第 19 則）

（40）a. 自古婚禮以親迎為重，上何不迎我乎？／b. 自古以來婚禮親迎最重，上位怎麼不肯出來接我？（第 19 則）

（41）a. 上不得已出迎而入同安天地之樂。／b. 上位沒奈何，出來接者入夫同安天地之樂。（第 19 則）

《朴通事諺解》中，「接」出現 2 例。如下：

（42）鐵匠家裏去，打一對馬腳匙來釘上著，我明日通州接尚書去。

（43）接客不如送客，送到三、四日辭迴來怕甚麼？

清代以來，「接」已經逐漸成為表達「迎接」義的主導詞，用於現代漢語多數方言中。

（三）近代漢語文獻中「迎」和「接」的分布差異

1. 使用頻率

如上文所述，我們調查的宋代以前的文獻中，「迎」一直是表達「迎接」義的主導詞，「接」獨立表達該義的用例還很少，多數情況下需要與「迎」連用。宋代「接」獨用的例子有所增加。元雜劇中，「接」多見，但此時「迎」的使用仍佔優勢，朝鮮漢語教科書《原本老乞大》中，只見「迎」，不見「接」。

明代文獻中，二者的分布呈現新的格局：江淮方言作品《三國演義》《水滸傳》《西遊記》中，「接」的用例超過了「迎」。後期的南方官話作品「三言」《鼓掌絕塵》《型世言》中，「接」也已取得優勢地位。山東方言作品《金瓶梅詞話》中，「接」和「迎」的比例已達 3.46：1。這一時期的朝鮮漢語教材《訓世評話》《老乞大諺解》還以使用「迎」為主，「接」有所使用；《朴通事諺解》中，只見「接」，不見「迎」。

〔註12〕（1）a 妻迎問買妾狀。——b 他的娘子迎見問：「你買小娘子來麼？」（《訓世評話》第 38 則）

（2）a 稜迎醫來眇。——b 這徐稜請太醫來眇候。（《訓世評話》第 9 則）

另一方面，《三遂平妖傳》、明吳語民歌《掛枝兒》《山歌》「二拍」《封神演義》尤其是後兩者中，「接」的數量雖少於「迎」，但「接」的用例時見。

可見，到明代，「接」已逐漸成為多數南方文獻中表達「迎接」義的主導詞。

表 4.5　元明文獻「迎」「接」使用情況表

	元			明													
文獻	新校元刊雜劇三十種	元典章	原本老乞大	三國演義	三遂平妖傳	水滸傳	西遊記	訓世評話	老乞大諺解	朴通事諺解	三言	二拍	明民歌	鼓掌絕塵	型世言	封神演義	金瓶梅詞話
地域	北方	北方	北方	江淮	江淮	江淮	江淮	—	北方	北方	南方	南方	吳語	南方	南方	江淮	山東
迎	33	4	3	96	2	91	89	6	3	0	88	181	3	46	16	58	52
接	19	3	0	116	0	124	116	3	1〔註13〕	2	159	177	1	54	32	34	180
迎接	3	0	0	62	6	132	58	0	0	0	99	28	0	18	13	40	93

清代，絕大多數文獻中，「接」的數量超過了「迎」。僅在《兒女英雄傳》《孽海花》《海上花列傳》三部作品中，「迎」的使用仍佔優勢。但《海上花列傳》中，「迎」用例雖多，但都出現於敘事部分，「接」則敘事、對話中都有用例。結合「接」在吳語作品《何典》中的表現，可知「接」在吳語中為常用詞彙。清末的京語小說《小額》中，「迎」已不見，只見「接」。

表 4.6　清代文獻「迎」「接」使用情況表

文獻	醒世姻緣傳	聊齋俚曲集	歧路燈	儒林外史	紅樓夢前80回（乙）	紅樓夢後40回（乙）	品花寶鑑	兒女英雄傳	官場現形記	老殘遊記	二十年目睹之怪現狀	孽海花	何典	海上花列傳	小額
地域	山東	山東	河南	江淮	北京	北京	北京	北京	江淮	江淮	江淮	吳語	吳語	吳語	北京

〔註13〕此例為：且停些時，咱們聊且吃一杯酒，不當接風。

迎	57	20	95	52	54	21	35	58	31	8	47	29	1	81	0
接	147	76	113	68	75	36	47	47	126	11	51	17	5	15	11
迎接	28	8	13	10	11	6	17	10	16	1	8	7	1	8	5

2. 地域分布

考察顯示，南宋開始，「接」的用例逐漸增多，但元代北方作品中主要使用的還是「迎」。明代開始，南方地區尤其是江淮地區作家作品中，「接」逐漸與「迎」展開競爭，在南方逐漸成為表達「迎接」義的主導詞，與此同時，「接」也迅速擴散，向廣大的北方地區滲透，這一時期的朝鮮漢語教科書《訓世評話》《老乞大諺解》《朴通事諺解》中，「接」已有所使用；明末清初，《金瓶梅詞話》《醒世姻緣傳》《聊齋俚曲集》等山東方言作品中，「接」的數量遠多於「迎」，可見，「接」已成功滲透到北方方言中，並對「迎」呈替換之勢。清代中原官話作品《歧路燈》、北京官話作品《紅樓夢》程乙本、《品花寶鑒》《小額》、江淮官話作品《儒林外史》、晚清「四大譴責小說」（除《孽海花》）及吳語作品《何典》中，「接」的使用已佔優勢，成為主導詞。

另一方面，隨著清代「迎」「接」語義的分化，清代北方官話中，「接」對「迎」的替換並不徹底。「接」在《兒女英雄傳》中的數量仍不及「迎」多，多數作品中，「迎」尚佔有一定比例，用於「人（物）來而迎接」，如在《兒女英雄傳》中「接」的數量仍不及「迎」多。

英國人威妥瑪編寫的漢語教材《語言自邇集・談論篇》（d.1867）表達「迎接」通篇只用「迎」。該教材全面採用了滿漢教材《清文指要》（a.1809）的內容，並與《清文指要》（b.1818）、《三合語錄》（c.1830）、《亞細亞言語集》（e.1879）、《參訂漢語問答篇國字解》（f.1880）的內容形成異文。對比各本可以發現，有1例各本全都作「迎」，如：

（1）a. 要差人迎他去呢，又恐怕走岔了路。

　　　b. 要差人迎他去，又恐怕走岔了路。

　　　c. 要差人迎他去，又恐怕走岔了路。

　　　d. 若差人迎他去罷，又恐怕走岔了道兒。

　　　e. 若差人迎他去罷，又恐怕走岔了道兒。

    f. 我想如今差人迎他去，又恐怕走岔了道兒。

    g. 若差人迎他去罷，又恐怕走岔了道呢。

還有 1 例，從《語言自邇集‧談論篇》開始，將「接」改寫為「迎」，如下：

（2）a. 這個肉啊，是祖宗的恩惠呀，強讓得麼？況且賓客們來去還不接
      送。像這樣讓起來不忌諱嗎？

    b. 這個肉，是祖先的恩典呀，強讓得麼？況且賓客們來去還不接送。
      像這樣讓起來不忌諱麼？

    c. 這個肉啊，是祖宗的恩惠啊，強讓得麼？況且賓客來去還不接送。
      像這樣讓起來不忌諱麼？

    d. 這個肉啊，是祖宗的克食，有強讓的理麼？況且親友們來去，還不
      迎不送呢。像這樣兒讓起來，使得麼？

    e. 這個肉啊，這是祖宗的克食，有強讓的麼？況且客們來去，還不迎
      不送呢。像這樣兒讓起來，也不忌諱麼？

    f. 你們旗下的規矩，我知道，吃大肉，會吃只管吃，主人不讓，不
      奉布；客人不擦嘴，不道謝。來時去時，也不迎不送的。你吶今
      天讓起來，怎麼說？

《語言自邇集‧談論篇》的主要編寫者是「受過良好教育」的北京旗人應龍田，背後的策劃者和決策者威妥瑪是當時的駐華公使。此教材的編寫目的是為了指導英國駐中國領事館的工作人員「用最少的時間學會這個國家的官話口語」──北京官話口語，故例（1）（2）對「迎」的使用可以透露出一點，即清中葉的北京官話中，「迎」仍是常用詞彙，雖然有「接」的衝擊，但並沒有將其完全取代。

3.「接」的傳播特點

結合「接」的產生和發展，其傳播途徑符合「長江型」詞的傳播特點。據岩田禮（2009），「長江」型的詞形多數都是江淮起源，尤其是以南京和揚州為中心，這一帶應該是語言創新的發源地，這一地區也可稱作「南方的核心地區」。「接」起源於中古，宋元時期用例增多，明代的江淮方言作品中，「接」先取得優勢地位，借助當時江南地區發達的文化優勢向北方傳播，並迅速擴散，逐漸滲透到通語中。但「接」在傳播中還與「迎」一起經歷了同義衝突（synonymic collision）的過程。岩田禮（2009）指出，同義衝突多數都由從外部帶進來的壓力引起。假定某地分布著一個詞 P（x），而某時從相鄰地區傳進來了與此同義的 Q（x）。如果相鄰分布的兩種詞形勢均力敵，同義衝突的結局往往是兩個形式企圖妥協，以致分擔意義或其用法，即 P（x1）/ Q（x2）。〔註14〕Iwata（2000：192）將此比作共時音位學的條件變體。（轉引自岩田禮 2009）明清時期，「迎接」義動詞「迎」和「接」在競爭中語義上逐漸各司其職：「迎」主要表達「人來而迎接」（迎₁），「接」主要表達「到某地接人」（接₂）。

（四）小　結

（1）「迎」從上古以來一直是影響最大的通語詞，明代開始被「接」逐漸替換；唐代以前「接」常與「迎」同義並列表達「迎接」，宋代開始可以單用，元代有所發展，明代開始先在南方而後在廣大的官話區逐漸取代「迎」成為通語詞。但北方文獻中「迎」仍佔有一席之地，從《兒女英雄傳》《語言自邇集》對「迎」的使用中可見一斑。

（2）明清時期，「迎接」義動詞「迎」和「接」的語義逐漸向專職化發展，並出現分工：「迎」主要用於「人來而迎接」，「接」主要表達「到某地接人」。

三、「理睬」義動詞

表示「對別人的言行表示態度」，上古漢語主要借用視覺動詞「視」「顧」，中古時始用「理」，唐代「采（採、睬）」興起，宋元時期「理會」「理論」開始用於表達該義，明代「理」多見，沿用至現代漢語。孟琮《漢語動詞用法詞典》（1999：236）指出，「理」多用於否定句，其後接名詞賓語（表對象），也可與「上」「起來」組成動趨式用於疑問句。現代漢語方言中，「理」主要用於北方官話區，「睬」則主要見於江淮官話、吳語以及閩語、粵語的部分方言點中。本節將追溯「理」「采（採、睬）」表「理睬」的時代，並結合現代漢語方言的實際情況，考察唐代以來二詞的分布特點。

〔註14〕據岩田禮（2009），同義衝突的結局會有以下三種：a）一個形式得勝，而另一個形式消滅，即 Q（x）→P（x）；b）兩個形式企圖妥協，以致分擔意義或其用法，即 P（x1）/ Q（x2）；c）兩個形式企圖妥協，以致產生混淆形式：{（P+Q）÷2}（x）。如果相鄰分布的兩種詞形勢均力敵，同義衝突的結局往往是 b）或 c）。

（一）《紅樓夢》程甲、乙本中的「理」和「採」

《紅樓夢》程甲乙本中，表達「理睬」義用「理」和「採」。二者的使用情況如下：

表 4.7 「理」「採」使用情況表

版　本	回　數	理	採
程甲本	前 80 回	80	10
	後 40 回	61	1
程乙本	前 80 回	90	4
	後 40 回	62	3

無論是程甲本還是程乙本，「理」的使用頻率遠高於「採」，前 80 回和後 40 回都是如此，可知，程高本中，「理」已經成為表達「理睬」義的主導詞，「採」即將被完全取代，這從程乙本對程甲本的改寫中可見一斑。如：

（1）戌：我有一個孽根禍胎，是這家裡的混魔王，今日因廟裏還願去了，尚未回來，晚間你看見便知。你只以後不用採他。

　　庚：我有一個孽根禍胎，是家裏的混世魔王，今日因廟裡還願去了，尚回來，晚間你看見便知了，你只以後不要採他。

　　甲：我一有個孽根禍胎，是家裏的混世魔王，今日因廟裏還願去，尚未回來，晚間你看見便知道了，你以後只不要採他。

　　乙：我有一個孽根禍胎，是家裏的混世魔王，今日因往廟裏還願去，尚未回來，晚上你看見就知道了你以後總不用理會他。（第 3 回）

（2）戌：若這一日姊妹們和他多說一句話，他心裏一樂，便生出多少事來，所以囑咐你別採他。

　　庚：若這一日姊妹們合他多說一句話，他心裡一樂，便生出多少事來，所以囑咐你別採他。

　　甲：若一日姊妹們和他多說了一句話，他心上一喜，便生出許多事來，所以囑咐你別採他。

　　乙：若一日姐妹們和他多說了一句話，他心上一喜，便生出許多事來，所以囑咐你別理會他。（第 3 回）

（3）戌：我找太太的陪房周大爺的，煩那位大爺替我請他出來。那些人聽了都不揪採。

庚：我找太太的陪房周大爺的，煩那位大爺替我請他老出來。那些人
聽了都不揪採。

甲：我找太太的陪房周大爺的，煩那位太爺替我請他出來。那些人聽
了都不採他。

乙：我找太太的陪房周大爺的，煩那位太爺替我請他出來。那些人聽
了都不理他。（第6回）

（4）戌：寶叔，你侄兒看小，倘或言語不防頭，你千萬看著我，不要理
他。

庚：寶叔，你侄兒，倘或言語不防頭，你千萬看著我，不要理他。

甲：寶叔，你侄兒年小，倘或言語不防頭，你千萬看著我，不要採他。

乙：寶二叔，你侄兒年輕，倘或說話不防頭，你千萬看著我，別理他。
（第7回）

（5）戌：寶釵素知黛玉是如此慣了的，也不去採他。

庚：寶釵素知代玉是如此慣了的，也不去採他。

甲：寶釵素知黛玉是如此慣了的，也不去採他。

乙：寶釵素知黛玉是如此慣了的，也不理他。（第8回）

（6）庚：不想寶玉一旦夜竟不回轉，自己反不得主意，直一夜沒生睡得，
今忽見寶玉如此，料他心意回轉，便越性不採他。

甲：不想寶玉一日夜竟不回轉，自己反不得主意，一夜沒好生睡，今
忽見寶玉如此，料是他心意回轉，便索性不採他。

乙：不想寶玉竟不回轉，自己反不得主意，直一夜沒好生睡，今忽見
寶玉如此，料是他心意回轉，便索性不理他。（第21回）

（二）「理」「采（睬、採）」表「理睬」義的產生及發展

1. 理

《說文·玉部》：「理，治玉也。」後引申為「治理」「處理」等義，並廣泛
應用於上古漢語中。「理」的「理睬」義產生較晚。《漢語大詞典》首例引《漢
書·淮南厲王劉長傳》：

（1）貫高等謀反事覺，並逮治王……厲王母亦係，告吏曰：「日得幸上，
有子。」吏以聞，上方怒趙，未及理厲王母。

此例《史記·淮南衡山列傳》中已見：

（2）及貫高等謀反柏人事發覺，並逮治王，盡收捕王母兄弟美人，繫之河
　　　內。厲王母亦係，告吏曰：「得幸上，有身。」吏以聞上，上方怒趙
　　　王，未理厲王母。

例（1）（2）中的「理」雖可理解為「理睬」，但結合「理」詞義的發展情
況，此處似理解為「處理」更妥。

中古時期，出現了兩例疑似「理睬」的「理」，如下：

（3）建稽首曰：「臣竊聞天下之論，皆謂鄧艾見枉，陛下知而不理，此豈
　　　馮唐之所謂『雖得頗、牧而不能用』者乎！」（《三國志》卷35）

（4）時於公為獄吏，曰：「此婦養姑十餘年，以孝聞徹，必不殺也。」太守
　　　不聽。於公爭不得理，抱其獄詞哭於府而去。（《搜神記》卷11）

但此兩例中的「理」也可理解為「處理」「審理」。

我們認為，「理」的「理睬」義應是由「治理」「處理」等義發展而來。《漢
語大詞典》還舉一例，可以作為「理」表「理睬」的早期用例：

（5）雖見指笑，余亦不理也。（晉葛洪《抱朴子·譏惑》）

除此例外，我們調查的宋以前的文獻中，沒有見到「理」表達「理睬」義
的確切用例。宋代開始，「理會」除表示「知曉」，還表示「理睬」，但用例不
多。

（6）臣評答云：「學士們在河東時只爭閒事，幾時曾理會地界？」（《乙卯
　　　入國奏請》）

（7）頭巾帶。誰理會。三千貫賞錢，新行條例。不得向後長垂。（《全宋
　　　詞》）

元代，「理會」表「理睬」的用例有所增加，仍未見「理」表「理睬」的
用例。

《宋元語言詞典》《元語言詞典》中都舉《前漢書平話》卷中：「張石慶見
三大王大怒，急避之，來見惠帝，惠帝不理會。」

明代前期，「理」單獨表達「理睬」義的例子少見，「理會」可用於表達「理
睬」義，《西遊記》用例相對多見，如：

（8）那端王且不理玉玩器下落，卻先問高俅道：「你原來會踢氣球？你喚

做甚麼？」（《水滸傳》第1回）

（9）林沖也不理會，只顧和智深說著話走。（《水滸傳》第6回）

（10）那大聖正與七十二洞妖王，並四健將分飲仙酒，一聞此報，公然不理道：「今朝有酒今朝醉，莫管門前是與非！」（《西遊記》第5回）

（11）長老莫管他，莫問他，也莫理他、說他。請安置，明早走路。（《西遊記》第78回）

明末開始，「理」的數量增加，清代，「理」逐漸成為表達「理睬」義的主導詞，並沿用至現代漢語中。

2. 采（俫、採、睬）

《說文・木部》：「采，捋取也。」可知，「采」的本義為「摘取」，引申表「搜集」，如《漢書・藝文志》：「故古有采詩之官。」後引申出「擇取」義，進一步引申為「採納」「採用」。如：

（1）其猶《詩》也，冀望見采，而云有過。《論衡・政務》

（2）君求田問舍，言無可采。（《三國志・魏志・陳登傳》）

「理睬」義當是由此義引申而來。唐代開始，「采」開始表達「理睬」義，多用於否定式，如：

（3）是非都不采，名利混然休。（張白《武陵春色》，引自《漢語大詞典》）

（4）未勝漁父閒垂釣，獨背斜陽不采人。（杜荀鶴《登靈山水閣貽釣者》）

（5）陽坡展腳臥，不采世間事。（王梵志詩）

此義的「采」常寫作「採」。如：

（6）見人造惡處強攢頭，聞道說經則伴不採。（《敦煌變文校注》卷七，三身押座文）

（7）羅漢度伊都不採，聲聞說法不瞻相。（《敦煌變文校注》卷五，妙法蓮華經講經文）

偶而也寫作「睬」。《漢語大詞典》「睬」首例引唐張蠙《醉吟》之二：

（8）下調無人睬，高心又被瞋。

《全唐詩》中，還有另外一例寫作「睬」：

（9）胸中別有安邊計，誰睬髭鬚白似銀。（曹唐《羽林賈中丞》）

這兩例可看作「睬」這一書寫形式的早期用例。唐五代文獻中，雙音形式「採顧」「採括」也可表「理睬」義。如：

（10）李翱相公來見和尚，和尚看經次，殊不采顧。（《祖堂集·藥山和尚》）

（11）耶娘不採括，專心聽婦語。〔註15〕（王梵志詩）

（12）子胥狂語，何足可觀；風裏野言，不須採括！〔註16〕（《敦煌變文校
　　　注》卷一，伍子胥變文）

《唐五代詞典》列「睬睞」條，例引敦煌詞《十二時·普教四眾依教修行》：

（13）熱油澆，沸湯潑，號訴求他誰睬睞。

張錫厚《王梵志詩校輯》卷二《你孝我亦孝》注〔三〕也引此例。黃徵（1997：22）認為，這兩處原卷作「採括」，改為「睬睞」，不妥。按：「睬」，後起字。清吳任臣《字彙補》始載「睬」：「睬，俗言俅睬，填詞家多用此字。」張美蘭（2009：133）指出，凡「理睬」義唐宋多作「採」「保」「彩」字。我們調查的文獻中，字形「睬」僅見於上文所列例（7）（8），餘皆作「采」「採」。

宋代，表「理睬」義多用「采」「保」，且用例有所增加，如：

（14）不為八風所牽。亦無精進懈怠。任性浮沉若顛。散誕縱橫自在。遮莫
　　　刀劍臨頭。我自安然不采。（《景德傳燈錄》）

（15）重來驚鬢霜。悵綠陰、青子成雙。說著前歡伴不保，颺蓮子、打鴛鴦。
　　　（尹煥蘋《唐多令·苕溪有牧之之感》，引自《宋元語言詞典》）

（16）子母間別十二載，道你呆著人見他伴不采。（《劉知遠諸宮調·知遠投
　　　三娘與洪義廝打》）

（17）白日渾閒夜難熬，獨自兀誰保？悶對西廂月，添香拜。（西廂記諸宮
　　　調卷七）

（18）在古廟五六春，有誰人采您！（《張協狀元》第四十五齣）

（19）殺岳飛，范同謀也。胡銓上書言秦檜，檜怒甚，問范：「如何行遣？」

〔註15〕此例張錫厚《王梵志詩校輯》（1983）卷二《你孝我亦孝》作「睬睞」，項楚《王梵
　　　志詩校注》（1991）卷二《只見母憐兒》改為「採括」。

〔註16〕此處「括」，原卷作「拾」，當是形近而誤。據黃徵《敦煌變文校注》卷一《伍子胥
　　　變文》注〔五六〕，P22。

范曰：「只莫采，半年便冷了。若重行遣，成孺子之名。」秦甚畏范，後出之。(《朱子語類》卷 131)

宋代，雙音形式「偢保」常用於「理睬」義，也寫作「偢采」「秋采」。

(20) 騁無賴，傍人勸他又誰偢保。(《西廂記諸宮調》卷一)

(21) 絲鞭刺起選英賢，苦不肯秋采，今朝奈何都來。(《張協狀元》第五十齣)

(22) 周先生所以說「定之以仁義中正而主靜」。這依舊只是就「艮其背」邊說下來，不是內不見已，外不見人。這兩卦各自是一個物，不相秋采。(《朱子語類》卷 73)

元明雜劇中，「采（採、睬）」廣泛使用，成為表達「理睬」義的主導詞。元雜劇中，「采」「睬」已可用於舞臺說明。

(23) 我這裡勸著，道著，他那不採〔註17〕分毫，別人的首級他強要。(《新校元刊雜劇三十種·馬丹陽三度任風子》第四折)

(24) 濟困的眾街坊，您是救苦的觀自在。誰肯與半抄粗米一根柴？街坊每歹！沒個把俺采！(《新校元刊雜劇三十種·公孫汗衫記》第三折)

(25) 雖無歸去路，好把畫圖看。(外末做不睬正末科。)(《新校元刊雜劇三十種·陳季卿悟道竹葉舟》第一折)

(26) 你依吾將令聽我差，休睬這個言那個語，我交你手裏不要贏，則要輸。(《新校元刊雜劇三十種·諸葛亮博望燒屯》第二折)

(27) 他中狀元做官六七載，撇父母拋妻不采。(高明《蔡伯喈琵琶記》第三十七齣)

(28) (揚州奴云) 我自過去。(見科，云) 哥，唱喏咱。(胡子傳不采科)(秦簡夫《東堂老勸破家子弟》)

(29) 銅斗兒家緣家計，戀花柳盡行消費；我勸你全然不采，則信他兩個至契。(秦簡夫《東堂老勸破家子弟》)

(30) 你待要沙暖睡鴛鴦，我則會歲寒知松柏，你將我這逆耳良言不采。(鄭廷玉《崔府君斷冤家債主》)

〔註17〕《新校元刊雜劇三十種》作「睬」，為改文，此處依注改回原本「採」，下例改為「採」。

（31）舊人物不采分毫，新女婿直恁風騷。（周文質《越調·寨兒令》）

（32）夜深時獨繡羅鞋，不言語倒在人懷，做意兒將人不采。（呂止菴《天
淨沙·為董針姑作》）

除「偢采」「秋采」「偢保」「瞅采」「揪采」「采揪」等異寫形式也見於這一
時期的口語文獻中。如：

（33）冬寒天色，冷落窯中又沒根柴。凍死屍骸，無人偢保，誰肯著枕土
埋，少不的撇在荒郊外！（《新校元刊雜劇三十種·公孫汗衫記》第
三折）

（34）我欲待訴說個冤仇，我欲待訴說個冤仇，待說來誰人采揪？（劉唐卿
《白兔記》第二十二齣送子）

（35）回首孤墳，空教我望孤影。他那裡誰秋采？俺這裡將誰投奔？（高明
《蔡伯喈琵琶記》第三十一齣）

（36）思和愛，知何在？情默默，有誰瞅采？妾心未改君先改，奈好事多成
敗！（《清平山堂話本·風月相思記》）

（37）見吳忠來珠淚滿腮，想我當日間豪邁，今日悄似一個乞丐。穿著一
領破衣裳，拖一雙破鞋，何日得苦盡甘來？我在破窯中，冷冷地誰
揪采？（《殺狗記》第十六齣吳忠看主）

元代朝鮮漢語教材《老乞大》中，只有1例，寫作「偢保」。四版本對比如
下：

（38）身上穿的也沒，口裏吃的也沒，那幫閒的男女，更沒一個肯偢保的。
（原本老乞大）

身上穿的也沒，口裏吃的也沒，幫閒的那廝們，更沒一個肯偢保的。
（翻譯老乞大）

身上穿的也沒有，口裏吃的也沒有，幫閒的那廝們也沒一個肯偢保他
了。（老乞大新釋）

身上穿的也沒有，口裏吃的也沒有，幫閒的那廝們也沒一個肯偢保他
了。（重刊老乞大）

我們調查的明代小說中，「采」「睬」為表達「理睬」義的常用字形。如：

（39）時雲長在側，孔明全然不睬。（《三國演義》第49回）

（40）趙雲沿江趕叫：「任從夫人去。只有一句話拜稟。」周善不睬，只催船速進。（《三國演義》第 61 回）

（41）你這店主人好欺客，見我是個犯人，便不來睬著！（《水滸傳》第 73 章）

（42）李虞候便罵道：「村驢，貴人在此，全無忌憚！」那水手那裡睬他，只顧唱歌。（《水滸傳》第 75 回）

（43）他欠起身來，把一個金擊子，瞞窗眼兒，丟進他道房裡，竟不睬他。（《西遊記》第 24 回）

（44）那些小妖，又進去報導：「孫行者又來了！」妖王道：「緊關了門！莫睬他！」（《西遊記》第 72 回）

（45）那迎兒見婦人這等說，怎敢與武大一點湯水吃。武大幾遍只是氣得發昏，又沒人來采問。（《金瓶梅詞話》第 5 回）

（46）看那骷髏，一似佯佯不採。似此告了他五七番，陪了七八個大喏。這人從又不見一個人林子來，骷髏只是不采。（《警世通言》第 19 卷）

（47）王六兒道：「還有大似他的，睬這殺才做甚麼？」（《金瓶梅詞話》第 99 回）

（48）俏冤家，這幾日眼孔兒（有些）大，俅不俅，睬不睬，冷落了咱，（你）幹的事都在我心兒下。（明民歌《桂枝兒》）

（49）（曾送你）一把銷金扇，（曾送你）一（雙）半新不舊（的）紅睡鞋，這幾件要緊的東西也，（如何）問著你佯不睬。（明民歌《桂枝兒》）

（50）你閃人，人閃你，（好似）六月債，人閃你惱不惱，便知你閃人該不該，識破你閃人的心腸也，（只怕）睬也沒人睬。（明民歌《桂枝兒》）

明代朝鮮漢語教材《朴通事諺解》用「保」，出現 5 例。如下：

（51）因此上，半夜三更裡起來，上他家門前叫喚著討時，他保也不保。

（52）這廝們打的輕，他不保，好生打！

（53）哥，你說甚麼話！他如今氣象大起來，粧腰大模樣，只把我這舊日弟兄伴當們根底，半點也不保。

（54）他要變時誰保他？他敬我五分剌，我也敬他十分；他敬我一分時，我
敬他五分。這般時，是人倫弟兄之意。

清代，「睬（采）」的用例減少，常與「瞅（揪）」連用，對比其他文獻，《海
上花列傳》中，「睬」的用例相對多見。如：

（55）俺到看體面，不好竟進去的。你到不瞅不睬的，把我們半日不理，丟
在外邊！（《醒世姻緣傳》第 16 卷）

（56）譚紹聞實實也聽不見，王中毫不睬他，一路攙回家去。（《歧路燈》第
31 回）

（57）那位金姨太太面罩重霜的不發一言，任憑這邊賠盡小心，那邊只是不
理不睬。（《二十年目睹之怪現狀》第 78 回）

（58）和尚的意思，原想說出幾個山東省裏的闊人，可以打動王道臺，豈知
王道臺聽了，只是不睬他，由他說。（《官場現形記》第 11 回）

（59）安公子「哼」了一聲，他也不睬，便用手中尖刀穿到繩套兒裏，哧溜
的只一挑，那繩子就齊齊的斷了。（《兒女英雄傳》第 6 回）

現代漢語中，「睬」已經不能單用，僅保留在哈爾濱、萬榮、南京、揚州、
南通以及蘇州、上海、寧波等吳語區中。複合詞「理睬」常用於現代漢語書面
語。

（三）「理」「采（睬）」在明清文獻和現代漢語各方言中的分布

1.「理」「采（睬）」在明清白話文獻中的分布

「采（睬）」唐代已見，宋代用例有所增加，元明時期廣泛用於表達「理
睬」義，明末以前，「采（睬）」是表達「理睬」義的主導詞，這一特點充分體
現在江淮方言作品《三國演義》《水滸傳》《西遊記》中，明代的朝鮮漢語教材
《老乞大諺解》《朴通事諺解》中也只見「采（睬）」，不見「理」。「理」表「理
睬」中古就已出現，但中古到近代漢語前期用例罕見，主要用於「治理」「處
理」之義。明代「理」才單獨用於「理睬」義。明代前期的北方方言中，還不
見「理」單用表「理睬」的用例，江淮方言作品《西遊記》中，「理」與「采
（睬）」的使用比例已達 5：7，明末開始，「理」的使用頻率逐漸上升，山東方
言作品《金瓶梅詞話》中，「理」的用例已是「采（睬）」的三倍多，清代，「理」
的數量在大多數文獻中已佔優勢，成為表達「理睬」義的主導詞。吳語作品《海

上花列傳》中，「睬」還佔據一定位置，之後的《何典》中，只見「理」，不見「睬」，可見，最遲到 19 世紀末 20 世紀初，「理」便完成了對「睬」的替換。如下表：

表 4.8　明清文獻「采（睬）」「理」使用情況表

文獻	三國演義	水滸傳	西遊記	翻譯老乞大	朴通事諺解	三言二拍	鼓掌絕塵	型世言	金瓶梅詞話	醒世姻緣傳	聊齋俚曲集	歧路燈	儒林外史	《紅樓夢》（乙）前80回	《紅樓夢》（乙）後40回	白姓官話	品花寶鑒	兒女英雄傳	官場現形記	孽海花	二十年目睹之怪現狀	海上花列傳	何典	小額
地域	江淮	江淮	江淮	北方	北方	南方	南方	南方	山東	山東	山東	中原	江淮	北京	北京	南方	北京	北京	江淮	江淮	江淮	吳語	吳語	北京
采（睬）	2	22	14	1	5	33	2	9	19	9	1	6	2	3	4	0	6	3	12	1	2	23	0	0
理	0	0	10	0	0	49	8	28	69	57	25	14	5	90	61	1	33	19	97	14	30	33	2	6

　2.「理」「睬」在現代漢語方言中的分布

　　現代漢語方言中，「理」只見於東北、北京、冀魯、膠遼、中原、蘭銀等北方官話區中，江淮官話、吳語、徽語、湘語、閩語、粵語、客家等南方方言中主要用「睬」。如下表：

表 4.9　43 個方言點「理」「睬」使用情況表

語言		方言點	理	睬	耳／爾	其他
官話	東北	哈爾濱	理會兒	昂揚不睬		旋兒..尿悠..局兒=局視..捭
	北京	北京	理			點..鎚
	冀魯	濟南	理=理拉..答理			點..鎚
	膠遼	牟平	理會兒		耳識	喫..搭扯..答理
	中原	洛陽	答理			
		西安	理..待答不理			尿..著識..兒履
		萬榮		睬睬..佯俅俅=不睬 佯俅俅兒=不睬		
	蘭銀	銀川	理識..帶招不理	佯俅不睬		
		烏魯木齊	理拾			搭..爾拾=不理..乾灘上咧..尿
	西南	成都	理視=耳視		耳視..理視;耳視;張視	甩袖頭子=張視=耳視
		貴陽			爾	張..大灰豆
		柳州				沒睬..沒偏
		武漢		佯瞅不睬	臭皮不耳	纏..齒..
		徐州			不耳平（兒）	不夾..不□..□
	江淮	南京		睬		不□..不講話
		揚州		睬		臉打得高高的
		南通		睬		答..搭言..沒啥
吳語		丹陽				
	北部	崇明				待搭不理
		蘇州		睬		
		上海		睬儂白眼		
		杭州				
	南部	寧波		白眼=睬儂酷子 白眼=睬儂酷子 睬儂阿白哥		無睬..講別睬=講別理..睬=話
		金華				弗應
		溫州	理			□tsi
晉語		太原				
贛語		南昌			耳	答
		黎川				□□□□
		萍鄉				嚴..國你答..鳥示..□..卵
閩語		建甌				括角..括油
		福州				無捆..怀應..□收
		廈門	理落	瞅睬		緩..換擎..□..管待..挽
		雷州				壤拉..無向頭..□
		海口				搭..□
粵語		廣州		睬		喏..兜..搵
		東莞		睬信都慢		
客家		梅縣	打理			搭..搭事、人..□
		於都	卵理信脘位			達標..
徽語		績溪		睬..收睬		朗..擺..搭理
湘語		長沙				國..囉起..喊不應
		婁底		睬		搭起
南寧平話						□=搭□..搭理

第五章 《紅樓夢》異文所反映的明清常用詞的歷時演變和地域分布（下）

一、「商討」義動詞：商量、商議

　　表達「交換意見」一義，現代漢語中最常用的是「商量」，有時也使用「商議」。關於兩者的異同點，學界有所論述。魯川《動詞大詞典》（1994）指出：現代漢語中，「商量」和「商議」都是他動詞，「商量」的施事多為生活化的角色，如「大夥兒」「同學們」，也可以是「幹部」「委員們」等正式場合才出場的角色；「商議」的施事則為「代表們」「人士」「領導」「籌備組」「幹部」等商討重大問題的角色。二者都能與繫事、同事、數量、原因、目的、時間、處所共現，不同的是，「商量」還可與範圍共現（關於那件事，你們要商量個辦法），「商議」還可與結果（這件事終於商議出了一個頭緒）、基準（他們比我們更熱烈地商議起開茶話會的事來）、依據（代表們按照大會的程序商議起有關的事情來）共現。《現代漢語詞典》：「商量：交換意見。」「商議：為了對某些問題取得一致意見而進行討論。」二者都可以表示「兩個或兩個以上的人計劃、討論某事」，但「商量」口語書面語都多見，其對象多是日常生活中的瑣細事務；「商議」則僅見於·些正式的公文中，對象往往是嚴肅的社會事件。就

動作對象而言，前者強調交換意見這一行為本身，而後者則具有具體的目的，強調行為本身的同時，也注重結果。

以上對兩詞的解釋透露了兩詞在用法上的細微差別，究其原因，這可能與兩詞不同的來源、在近代漢語不同時期的消長及分布特點有著密切的關係。本節將對唐代至清代以來「商量」「商議」詞彙運用的消長動態情況進行描寫，並結合《紅樓夢》異文和當今漢語方言，討論它們的地域分布特點。

（一）《紅樓夢》程甲、乙本中的「商量」和「商議」

追溯至近代漢語，「商量」和「商議」作為常用詞，經常出現在同一種文獻中，尤其是近代漢語後期，二者混用的情況多見，幾乎成為等義詞。而在同一種文獻的不同版本中，有時可以同義替換。這從《紅樓夢》程乙本對程甲本的改寫中可見一斑：甲本共出現「商議」106處，其中前80回86處，後40回20處；乙本將甲的「商議」改寫為「商量」共9處，其中前80回8處，後40回1處；此外，將「商議」改為零形式1處，將「議論」改為「商議」1處。列舉如下：

（1）戌：我來和你老人家商議商議這個情分，求那一個可了事。

　　庚：我來和你老人家商議商議這個情分，求那一個可了事呢。

　　甲：我來和你老人家商議商議這個情分，求那一個可了事。

　　乙：我來和你老人家商量商量討個情分，不知求那個可以了事。（第7回）

（2）庚：快盛飯來！吃碗子還要往珍大爺那邊去商議事呢。

　　甲：快盛飯來！吃碗子還要往珍大爺那邊去商議事呢。

　　乙：快盛飯來！吃還要到珍大爺那邊去商量事呢。（第16回）

（3）庚：我今兒聽見我媽和哥哥商議，教我再耐煩一年，明年他們上來就贖出我去的呢。

　　甲：我今兒聽見我媽和哥哥商議，教我再耐煩一年，明年他們上來就贖我出去呢。

　　乙：我今兒聽見我媽和哥哥商量，教我再耐一年，明年他們上來就贖出我去呢。（第19回）

（4）庚：從舊年他們外頭商議的，姨娘們每位的丫頭分例減半，人各五百
　　　　　錢。

　　　甲：從舊年他們外頭商議的，姨娘們每位丫頭分例減半，人各五百
　　　　　錢。

　　　乙：從舊年他們外頭商量的，姨娘們每位丫頭分例減半，人各五百
　　　　　錢。（第36回）

（5）庚：我們村莊上的人還商議著要打了這塑像平了廟呢。

　　　甲：我們村莊上的人還商議著要打了這塑像平了廟呢。

　　　乙：我們村莊上的人商量著還要拿榔頭砸他呢。（第39回）

（6）庚：平兒道你們到好，都商議定了，一天一個告假，又不回奶奶，只
　　　　　和我胡纏。

　　　甲：平兒道你們倒好，都商議定了，一天一個告假，又不回奶奶，只
　　　　　和我胡纏。

　　　乙：平兒道你們倒好，都商量定了，一天一個告假，又不回奶奶，只
　　　　　和我胡纏。（第39回）

（7）庚：太太必來這屋裏商議。依了還可，若不依，白討個燥。

　　　甲：太太必來這屋裏商議。依了還可，若是不依，白討個沒趣兒。

　　　乙：太太必來這屋裏商量。依了還猶可，要是不依，白討個沒趣兒。

　　　　（第46回）

（8）庚：不如把這事交與葉媽，他有不知的，不必咱們說，他就找鶯兒的
　　　　　娘去商議了。

　　　甲：不如把這事交與葉媽，他有不知的，不必咱們說給，他就找鶯兒
　　　　　的娘去商議了。

　　　乙：不如把這事交與葉媽，他有不知的，不必咱們說給，他就找鶯兒
　　　　　的娘去商量了。（第56回）

（9）甲：寶玉道：「你們竟也不用商議，硬說我砸了就完了。」

　　　乙：寶玉道：「你們竟也不用商量，硬說我砸了就完了。」（第94回）

（10）庚：平兒進入廳中，他姊妹三人正議論些家務。

　　　甲：平兒進入廳中，他姊妹姑嫂三人正議論些家務。

乙：平兒進入廳中，他姐妹姑嫂三人正商議些家務。（第56回）

此外，在《語言自邇集‧談論篇》（1867）對《清文指要》（1809）的改寫中，也有1例將「商議」改為「商量」〔註1〕：

　　a. 你到底漏了風聲了，把俗們瞞著商議的話，如今傳揚出去了，各處的人們全知道了啊。（指要）

　　b. 你到底兒洩漏了。咱們倆，悄悄兒商量的話，如今吵嚷的、處處兒、沒有人沒聽見過了！（談論）

這樣的同義替換用例雖不多，但可以肯定的是，「商議」在《紅樓夢》等近代漢語文獻中可用於生活中的各個方面，其對象可以是重大問題，也可以是瑣碎小事。這是與現代漢語不同的。

（二）「商討」義動詞「商量」「商議」的產生及發展

1.「商量」的產生及發展

《漢語大詞典》「商量」條列有五個義項：「商決、計議、討論；意見、辦法；估計、估量；準備；買賣時還價。」王繼如（2008）指出「商量」最早的意義是「計算測度」，由此引申出「斟酌思量」，再引申為「交換意見」以及「討價還價」諸義〔註2〕。

商，《說文解字注》：「從外知內也。從㕯，章省聲。《漢‧律例志》云：商之為言章也。物成孰可章度也。《白虎通》：說商賈云。商為言章也，章其遠近，度其有亡，通四方之物，故謂之商也。」「商」即計算。量，《說文解字注》：「稱輕重也。稱也，銓也。《漢‧律例志》曰：量者，所以量多少也。衡，權者，所以均物平輕重也。此訓量為稱輕重者。」「商量」同義複合，義為「計算測度」。如：

（1）《易‧兌》：「商兌未寧」三國魏王弼注：「商，商量裁制之謂也。」（唐孔穎達《周易正義》卷6，引自王繼如2008）

〔註1〕此例為學妹劉曼告知。《語言自邇集‧談論篇》和《清文指要》的介紹參看劉曼（2010）。

〔註2〕按：閆從發（2008）亦認為「計算測度」是最早意義。另「商量」之「討價還價」義始見於唐代，如：問此賤人誰是主？僕擬商量幾貫文？（《敦煌變文集‧捉季布傳文》引自蔣禮鴻《敦煌變文字義通釋》）這一用法在《老乞大》《朴通事》中多用（見下文）。

由此可見，「商量」一詞由非商量義的語素構成〔註3〕。閆從發（2008）認為「商量」表示「交換意義」最早見於東漢，僅 1 例，如：

（2）收合餘燼，芟夷殘逬，絕其本根，遂訪故老，商量俊艾王敞、王畢等恤民之要，存慰高年。」（《全後漢文》卷 150）

按：閆文釋讀有誤。此例引自《全後漢文》卷 105，而原句出自東漢末年《曹全碑》碑文，「商量」為人名，並不表示「交換意義」。句中的「老」指「三老」，是漢代負有教化之責的「國家認定的地方社會領袖」（牟發松 2006）。碑陰刻有門下故吏姓名及捐資數目，前四句為「處士河東皮氏岐茂孝才二百，縣三老商量伯祺五百，鄉三老司馬集仲裳五百，徵博士李儒文優五百」可以得知：「商量」是當時郃陽縣「三老」的名字，「伯祺」是他的字，「五百」是他的捐資。故此處斷句應為：「轉拜郃陽令，收合餘燼，芟夷殘逬，絕其本根，遂訪故老商量（人名）俊艾王敞、王畢等恤民之要，存慰高年。」大意為曹全被任命為郃陽縣令，（他一到任）就撲滅戰後的餘火、清除殘餘的亂者，以收斬草除根之效。接著他又訪問本縣之三老商量，攜同當地俊傑王敞、王畢等人，體恤民眾的急需，慰問年老之人。

張雁（2004：97）專門分析了複合動詞「商量」在近代漢語中的歷史發展，指出「商量」經歷了由心理動詞「估量、權衡」到言語動詞「交換意見」義的轉變過程，唐代才開始有用例，宋元常見。如：

（3）以天下之廣，四海之眾，千端萬緒，須合變通，皆委百司商量，宰相籌劃，於事穩便，方可奏行。（《貞觀政要‧政體》）

（4）叔文見制書大驚，謂人曰：「叔文日時至此商量公事，若不得此院職事，即無因而至矣。」。（韓愈《順宗實錄》，引自《漢語大詞典》）

（5）道玄與新羅人商量其事，卻來云：「留住之事，可穩便。」（《入唐求法巡禮行記》卷二，167）

（6）左先鋒兵馬使兼御史大夫王陵，右先鋒兵馬使兼御史大夫灌嬰，二將商量，擬往楚家劫營。（《敦煌變文校注》卷一，漢將王陵變）

〔註3〕按：張雁（2004：90～100）從語義場角度考察了近代漢語各時期「商量」語義場的各個成員構成情況，重點討論了「商量」義複合動詞的產生及其形成途徑，認為中古以後的「商量」義複合動詞多由非商量義的語素構成。

（7）保福曰：「和尚還為人摩？」慶雲：「教某甲共阿誰商量？」（《祖堂集》卷四，丹霞和尚）

（8）師有時驀喚侍者，者應諾。師曰：「更深夜靜，共伊商量。」（《五燈會元》，益州西睦和尚）

（9）臣等竊聞昨夜蕭禧在驛，與館伴將元執到白箚子商量王吉地、義兒鋪、黃嵬大山、石長城、瓦窯塢等處已定。（《乙卯入國奏請》）

（10）相公有事，與你商量。（《張協狀元》第四十二齣）

閆從發（2008）對唐代以來言語動詞「商量」作了考察，指出唐代言語動詞「商量」的對象多限於政治生活中的重大事件，其商討籌劃重在行為本身及其結果。至宋代，可以在口語性較強的文獻中見到「商量」涉及的對象開始用於日常生活中的瑣細事務的用例。根據我們的系統調查，這個論證基本成立。同時我們發現言語動詞「商量」已成為宋元時期的主導詞，到了近代漢語後期尤其是清代，「商量」其他義項少見，常用義就是對日常生活中的瑣細事務「交換意見」。如：

（11）明日治一份水禮，看看姑娘，我跟姑娘商量。（《歧路燈》第 3 回）

（12）我們老太太和太太二奶奶商量了，因為我們老爺要起身，說就趕著往姨太太商量把寶姑娘娶過來罷。（《紅樓夢》第 96 回）

（13）你且慢走，我有一件要緊的事，必要商量。（《品花寶鑒》第 22 回）

（14）安公子……只有盼望兩個騾夫早些找了褚一官來，自己好有個倚靠，有個商量。（《兒女英雄傳》第 4 回）

（15）洪善卿且不豁拳，卻反問朱藹人道：「耐有啥要緊事體搭我商量？」（《海上花列傳》第 4 回）

直至當代漢語，「商量」一詞仍沿用清代這一特點，成為最常使用的言語動詞之一。

2.「商議」的產生及發展

《說文解字注》：「議，語也。……議、論、語三字為與人言之稱。誼者，人所宜也，言得其宜之謂議。按許說未盡。議者，誼也。誼者，人所宜也，言得其宜之謂議。一曰謀也。韻會引有此四字。從言，義聲。」張雁（2004）指

出，上古漢語表「交換意見」義的動詞主要是「謀」和「議」，近代漢語表達
這一意義以複合詞為主，「商議」為其中之一。「商議」是由兩個「商量」義語
素直接加合成詞的並列複合詞。由於單音節「商」單用頗受限制，所以複合
詞「商議」詞化程度較高。「商議」一詞產生較晚，最早見於唐末。如：

（1）九月廿二日，大使家人高山就便船往楚州。共大使商議，作書付送楚
　　　州譯語劉慎言及薛大使。（《入唐求法巡禮行記》卷四，527）

（2）除卻國主，第二之尊，國政之規，分寸亦同商議。（《敦煌變文校注》
　　　卷四，降魔變文）

（3）眾僧問：「五祖衣缽分付何人？」五祖云：「能者即得。」眾僧商議。
　　　（《祖堂集》卷十八，仰山和尚）

敦煌變文中還出現「商宜」一詞，如：

（4）今若休罷禮拜，仗（伏）恐先願有違；若乃頂謁參永（承），力劣不能
　　　來往。即朝大臣眷屬，隱（穩）便商宜，中內有一智臣，出來白王一
　　　計。（《敦煌變文校注》卷六，頻婆娑羅王後宮采女功德意供養塔生天
　　　因緣變）〔註4〕

「商議」產生之初，用於重大政治事件的商討，常單用或同與事共現。宋
元時期，「商議」的對象仍為重大事件，但也開始用於學業、婚姻等日常生活
中相對重大的事情。如：

（5）今來商議公事，若是地界擗才能因依，適來已具諮聞。（《乙卯入國奏
　　　請》）

（6）某天性爽快，士大夫所共知。今來商議國事，須要說盡。（《三朝北盟
　　　會編》卷十一）

（7）郡人有好道者，時亦見之，或通夢寐，遂商議塑此形象。（《雲笈七籤》
　　　卷一百一十九，靈驗部三）

（8）舊學生以論題商議，非敢推尋立論。（《朱子語類》卷118）

（9）今年是國家大比之年，意下欲招一個狀元為東床，不知夤緣若何？待
　　　夫人出來，與它商議則個。（《張協狀元》第二十一齣）

〔註4〕按：蔣禮鴻（1997：246～247）解為「商量如何適當處理」，並認為「商宜」即為
　　　「商量事之所宜」，為動賓複合詞。此為一說。

（10）又與孟氏商議：「我今欲往外國經商，汝且小心為吾看望癡那。此子幼小失母，未有可知，千萬一同看惜。」（《大唐三藏取經詩話》，到陝西王長者妻殺兒處第十七）

（11）那法師，忙賀喜，道：「那每殷勤的請你，待對面商議。」（《西廂記諸宮調》卷第三）

（12）共議已定，別古臺出來，塔塔兒種人也客扯連問：「今日商議何事？」（《元朝秘史》卷六）

（13）俺二人商議我先招，來到舌尖卻咽了，我死呵休想把你個程嬰道。（《新校元刊雜劇三十種·趙氏孤兒》第三折）

（14）一時間，失商議，既成形，悔不及。（《全元散曲》，鍾嗣成，南呂一枝花）

明代，「商議」廣泛應用於生活的各個方面，與「商量」成競爭之勢，如：

（15）那幾個潑皮看了，便去與眾破落戶商議，道：「大相國寺差一個和尚——甚麼魯智深——來管菜園。（《水滸傳》第 5 回）

（16）細作探知這個消息，飛報呂布。布大驚，與陳宮商議。（《三國演義》第 13 回）

（17）悟淨道：「我們已商議了，著那個姓豬的招贅門下。」（《西遊記》第22 回）

（18）俏冤家，近前來，（我有句）話兒商議，曾囑你，悄悄地休被人知，你緣何人面前（常是）調情綽趣。（《明代民歌·掛枝兒》）

（19）這也不可強你，夜間再與令正商議一商議。（《型世言》第 32 回）

但從明代以後，「商議」一詞用例逐漸減少，而同義詞「商量」一詞的用例相對增加（詳見下文）。現代漢語普通話較正式場合才保有「商議」早期的意義「為了對某些問題取得一致意見而進行討論」。現代方言中，「商議」主要保留在今天的膠遼官話青州片中。據筆者調查，今膠南、諸城、青州、臨朐、沂水等地的老派居民中，〔註5〕表達「交換意見」仍使用「商議」，不用「商量」。

〔註5〕據彭煜文、史星《膠南移民考》，膠南、諸城等地區的居民屬明代海州（今江蘇連雲港）移民的後裔，而據曹樹基《中國移民史》（第五卷），臨朐、沂水等地居民則屬明代山西移民的後裔。

江淮官話的一些方言點如南通話中也有留存。

（三）近代漢語各個時期「商量」「商議」使用及其分布

1. 使用頻率

作為常用詞，「商量」和「商議」經常出現在同一種文獻中，尤其是明清時期，二者混用的情況多見，幾乎成為等義詞。但是從使用頻率上看，各個時期中，二者呈現出複雜的此消彼長的態勢。

從唐代開始直到元代，在「交換意見」這一義項上，「商量」頻用，而「商議」則少用或不用，此時的「商議」產生不久，用例自然較中古繼承而來的「商量」少。南戲《張協狀元》中，「商量」和「商議」雖然不多，但用例相當。

表5.1　唐—元代文獻「商量」「商議」使用情況表

朝　代		唐五代			宋					元			
文　獻		入唐求法巡禮行記	敦煌變文校注	祖堂集	五燈會元	乙卯入國奏請	三朝北盟會編	朱子語類	張協狀元	諸宮調	新校元刊雜劇三十種	全元散曲	元典章	元朝秘史
詞目	商量	6	18	20	105	43	38	81	3	3	13	10	110	17
	商議（宜）	3	4（1）	1	0	16	5	4	3	3	2	1	7	8

明代作品中，二者的分布比較複雜：一方面，江淮方言作品如《水滸傳》《西遊記》《封神演義》〔註6〕中，「商議」的使用逐漸超越「商量」；南方官話作品「三言」《型世言》中情況也是如此。「三言」中，「商議」與「商量」的比例約為2：1，與這一時期山東方言作品《金瓶梅詞話》相一致。另一方面，同為明末南方官話作品，「二拍」《鼓掌絕塵》與「三言」《型世言》卻呈現截然相反的情況。前兩種作品中，「商議」的使用處於弱勢，「商量」佔優勢，這又與明初反映北方官話的《朴通事諺解》、吳語民歌《掛枝兒》《山歌》的情況類似。

〔註6〕《封神演義》作者許仲琳，南京人，學界普遍認為這一作品的語言為江淮官話。

表 5.2　明代文獻「商量」「商議」使用情況表

文獻	三國演義	水滸傳	西遊記	老乞大諺解	朴通事諺解	三言			二拍		明民歌	鼓掌絕塵	型世言	封神演義	金瓶梅詞話
						喻世明言	警世通言	醒世恒言	初刻拍案驚奇	二刻拍案驚奇					
地域	江淮	江淮	江淮	北方	北方	南方					吳語	南方	南方	江淮	山東
商量	3	84	16	0〔註7〕	6	31	18	31	72	99	4	41	5	4	9
商議	330	254	19	0	0	50	38	71	27	11	1	29	14	68	36

　　清代，二者的使用又有了新的變化。18 世紀中後期開始，北京話、中原官話作品中，「商量」漸漸佔據統治地位，如《歧路燈》《紅樓夢》後 40 回，這種情況持續到之後的《品花寶鑒》《兒女英雄傳》以及 19 世紀末 20 世紀初的「譴責小說」、京語小說《小額》和吳語作品《海上花列傳》中，並延續至今；而在另一些作品如清初的《醒世姻緣傳》《聊齋俚曲集》，中後期的《儒林外史》《紅樓夢》前 80 回，以及 19 世紀末 20 世紀初的「譴責小說」《老殘遊記》中，「商議」的使用仍占主流；比《海上花列傳》稍早的吳方言作品《何典》中，「商議」僅比「商量」多 1 例。

表 5.3　清代文獻「商量」「商議」使用情況表

文獻	醒世姻緣傳	聊齋俚曲集	歧路燈	儒林外史	紅樓夢前80回（乙）	紅樓夢後40回（乙）	白姓官話	品花寶鑒	兒女英雄傳	官場現形記	老殘遊記	二十年目睹之怪現狀	孽海花	何典	海上花列傳	小額
地域	山東	山東	中原	江淮	北京	北京	南方	北京	北京	江淮	江淮	江淮	江淮	吳語	吳語	北京
商量	54	46	216	19	29	42	8	88	119	207	1	211	46	5	51	14
商議	103	53	7	79	78	19	1	15	5	24	22	4	3	6	10	0

〔註7〕《老乞大》共出現「商量」16 次，都表「討價還價」一義。

總之，整個近代漢語時期，「商量」和「商議」是並行發展的，且語義發展軌跡一致，所不同的是，「商量」在唐代便已身兼數職，成為當時的高頻詞，剛剛引申出的「交換意見」一義得以迅速流行，但到清代再度成為主導詞時，「商量」已經逐漸失卻了其餘的義項，專職表示「交換意見」，且沿用至今；另一方面，「商議」從唐代產生開始，明代使用比例有所增加，清代以後漸漸少見，但並未全面退出，仍取得了在正式公文中的使用權，且在部分方言中仍有留存，表達「交換意見」。

2. 地域分布

言語動詞「商量」「商議」在唐代出現用例。二者意義相同，除語用有別外，在地域分布上也有差異，這種現象至少在明代得到反映：在多數南方系作品尤其是江淮方言作品中，「商議」的使用頻率超過了「商量」，北方系作品尤其是朝鮮漢語教材《老乞大諺解》《朴通事諺解》中未見一例「商議」。可見，南方以使用「商議」為常，北方則傾向使用「商量」。清代的《儒林外史》《老殘遊記》（劉鶚，江蘇丹徒人）、《紅樓夢》（前80回作者曹雪芹祖籍南京）三書作者籍貫都屬江淮地區，在使用「商議」上的共同傾向也反映了明末以後，雖然通語傾向用「商量」，但南方仍沿襲了明代的習慣，用「商議」。這表明用詞方面南方地區存古、北方地區趨新的傾向〔註8〕。

但同為南方作家的作品，與「三言」相比，「二拍」和《鼓掌絕塵》卻「商量」多於「商議」，似為特殊。這也許屬於作品本身的複雜情況，或是作家的個人風格差異。「三言」屬於馮夢龍（江蘇蘇州人）二次創作，多數作品為馮編選改訂，有宋元舊篇，也有明代新作和馮夢龍擬作，愛用「商議」；而「二拍」基本屬於凌濛初（烏程人，今浙江紹興）的個人創作，喜用「商量」。

到了清代，這種南北分布差異更加明顯。在多數北方系作品作品尤其是北京話作品中，「商量」處於主導地位，「商議」也已漸漸少用。僅以《紅樓夢》為例。與前80回相反，程偉元、高鶚續寫的後40回中，「商量」多用，「商議」少用，「商議」和「商量」的比例為0.45：1，最多也僅占到「商量」的一半。如下表：

〔註8〕參見張美蘭（2008／2010）。

表 5.4 《紅樓夢》庚辰本、程甲本、程乙本「商量」「商議」使用情況表

版　　本	回　　數	商　　議	商　　量
庚辰本	80 回	91	16
程甲本	前 80 回	86	19
	後 40 回	20	40
程乙本	前 80 回	78	29
	後 40 回	19	42

前 80 回和後 40 回語言上的差異，學術界已經達成了一致，代表性的研究有劉鈞傑（1986）〔註9〕、俞敏（1992）〔註10〕、鄭慶山（1993）〔註11〕、張延俊（2009），這些研究從不同的角度證明了後 40 回語言的北京話特點，而對「商議」和「商量」使用上的差異也進一步證明了這一點。

比對《紅樓夢》程甲本和程乙本兩個版本，雖然前 80 回都是多用「商議」，少用「商量」，但程甲本中「商議」「商量」二者比例高於程乙本，為 4.53：1，在此之前的手抄本之一庚辰本（下文簡稱「庚」）這一比例更高（5.69：1），可以看出「商量」一詞正逐漸成為主導詞。另外，上文（3.3.1）提到，程乙本將程甲本中的部分「商議」改為了「商量」。甲乙兩本的問世時間相隔僅兩個多月，這麼短的時間內改寫「商議」一詞，透露出程、高等人喜用北方話的「商量」一詞傾向。胡文彬（2009）指出，《紅樓夢》語言的方言現象呈現出一種鮮明的時代性和強烈的地域色彩，現存各種版本中，甲本、戌本等早期抄本「去南方話」較少，從庚辰本開始，「去南方話」逐漸增多。本文所舉「商議」「商量」不同版本的改寫可以為胡文彬的論斷提供一個佐證。

英國人威妥瑪編寫的漢語教材《語言自邇集》（1867）通篇只用「商量」一詞。其中的《談論篇》全面採用了滿漢教材《清文指要》（1809）的內容，比對異文可以發現，在改寫中，也有 1 例將「商議」改為了「商量」，如：

> a. 你到底漏了風聲了，把俗們瞞著商議的話，如今傳揚出去了，各處的人們全知道了啊。（清文指要）

〔註 9〕劉鈞傑對《紅樓夢》前 80 回和後 40 回的用字進行了統計，認為前後部「非一人之作，也非一時之作」，且後部的語言與當時的北京話一樣。

〔註10〕俞文認為，曹雪芹的方言就是南方方言，高鶚的語言比曹雪芹更像北京話。

〔註11〕鄭慶山舉例證明後四十回續作者是東北人，或在東北長期生活過的人。

　　b. 你到底兒洩漏了。咱們倆，悄悄兒商量的話，如今吵嚷的、處處
　　　兒、沒有人沒聽見過了！（自邇集・談論篇）

　　這也反映了《語言自邇集・談論篇》用詞方面北方官話的鮮明特點。

　　作為主導詞，「商量」一詞在清代一些南方系作品中使用頻率較高，如琉
球漢語教科書《白姓官話》（1750）〔註12〕、清末三部「譴責小說」、吳方言作
品《海上花列傳》《何典》等。這也反映了主導詞的發展趨勢。我們在核對北
京官話本《官話指南》（1881）與上海土話對譯本《土話指南》時，發現《土
話指南》基本保留了「商量」一詞，說明了該詞成為通語常用詞的現象。但是
成書於明末清初的山東方言作品《醒世姻緣傳》《聊齋俚曲集》，「商議」一詞
的使用佔優勢，這與現代方言膠遼官話青州片多用「商議」一詞的現象相吻合。

（四）小　結

　　（1）「商量」和「商議」表達「交換意見」的歷程不甚相同：前者屬非商
量義語素加合併轉義而成，後者則是兩個商量義語素加合併詞彙化的結果；表
達「交換意見」時，二者幾乎在唐代同時使用或略有先後，都有著相似的發展
軌跡：經歷了對象由政治生活中的重大事件向日常生活的瑣細事務的轉移過程。

　　（2）唐到元代，表示「交換意見」一直使用「商量」。唐代「商議」也開
始表示該義。明代「商議」在南方作品尤其是江淮官話的作品中使用頻率有
所增加，曾一度超過了「商量」，至今留存在部分南方方言中；但清代「商量」
又得到新發展，成為表達「交換意見」的主導詞，清末北方官話文獻表現更
為突出。「商量」至今在口語書面語中都常用，南方方言如績溪、婁底、黎川、
南寧平話、福州等方言（《現代漢語方言大詞典》2002：3992）也常用。

二、「掛念」義動詞：記掛、惦記

　　表示「心裏總是想著（人或事物），放不下心」，上古漢語主要用「念」，〔註13〕

〔註12〕據張全真（2009），《白姓官話》所使用的官話就是那條漂流船上的人與琉球通事交
　　　流時所採用的一種官話，學習者在學習過程中遵循南京語音，該書詞彙除帶有下江
　　　官話、吳方言、福建話的色彩外，還有一些受山東方言影響的痕跡。按：「商量」
　　　一詞多用，似乎可以瞭解。

〔註13〕《說文・心部》：「念，常思也。」《釋名・釋言語》：「念，黏也。意相親愛，心
　　　黏著不能忘也。」念，反覆地想。上古漢語中，「思」和「想」也用於表達「想
　　　念」義，「想念」是對景仰的人、離別的人或環境不能忘懷，希望見到，與「牽

六朝時始用「懸」，〔註14〕唐宋時期「掛」〔註15〕「牽」〔註16〕興起，構詞廣泛，元明始用「記掛」，清代「惦記」出現，沿用至今。我們將這類詞統稱「掛念」義詞。現代漢語最常用的是「惦記」。魯川《動詞大詞典》（1994：238）指出，「惦記」是他動詞，其施事多為長輩，如「老人」「哥哥」「師傅」等，受事即為「兒女」「弟弟」「徒弟」等晚輩，除此之外，受事也可為其他需要關心的角色或長久懸而未決的事。現代漢語方言中，「記掛」使用範圍廣泛，見於蘭銀官話、江淮官話、吳語、閩語，且在贛語中為「掛記」，湘語中為「掛及」。本節將追溯「記掛」「惦記」的形成過程，結合現代漢語方言的實際情況，考察明清以來二詞的分布特點。

（一）《紅樓夢》程甲、乙本中的「記掛」和「惦記」

《紅樓夢》程甲本以前，「惦（記）」不見，「記掛」常用。甲辰本、程甲本開始，「惦（記）」出現，程乙本中，「惦（記）」增多。以下是《紅樓夢》各版

掛」義近而稍別。「思」本義是思考，轉喻表達想念；「想」，帶有希望地想。《說文‧心部》：「惟，凡思也。」段注：「《方言》曰：『惟，思也，又曰惟，凡思也，慮，謀思也，願，欲思也，念，常思也。』許本之曰：『惟，凡思也，念，常思也，懷，念思也，想，冀思也，《思部》慮，謀思也。凡許書分部遠隔而文理參五可以合觀者視此。」這一訓釋涉及「思考」「思念」兩個語義場，「思」都是上位詞。王鳳陽（1993：819）對「思」「念」「懷」「想」作了辨析：「思」和「想」側重由已知推知未知，「懷」和「念」則側重追憶已知的事物，指經常地、不斷地懷想。

〔註14〕「懸」的本義是「懸掛人頭」，《說文》：「懸，繫也。」《正字通‧心部》：「懸，掛也。」引申為「弔」「懸」，後引申為「牽掛」，如：嗟此務遠圖，心為四海懸。（南朝宋袁淑《效曹子建樂府〈白馬篇〉》，引自《漢語大詞典》）晉王羲之《雜帖》中，表「牽掛」的「懸」多見於雙音詞中，如「懸心」（不得問多日，懸心不可言）、「懸情」（尊夫人向來復何如？為何所患？甚懸情）、「懸念」（絕不得兄子問，懸念可言）、「懸遲」（隔日不面，懸遲何極）、「懸耿」（長素差不？懸耿）。

〔註15〕「掛」的本義為區別、區分。《說文‧手部》：「掛，畫也。從手，圭聲。段注：古本多作畫者，此等皆有分別畫出之意。」朱駿聲通訓定聲：「掛，字亦作挂、罣、罫。」「掛」用來表示「牽掛」，當是由「牽絆」義引申而來。《漢語大字典》所舉的最早例證見於《三國志‧魏書‧陳思王植傳》：「今臣無德可述，無功可記，若此終年，無益國朝，將掛風人『彼其』之譏。」我們認為此例中的「掛」為「牽絆」義。又舉南朝梁沈君攸《雙燕離》詩：「左回右顧還相慕，翩翩桂水不忍渡，懸目掛心思越路。」此處的「掛心」即為「掛念」，故「掛」表「掛念」應不晚於六朝，但廣泛使用卻是在唐代。

〔註16〕「牽」的本義為「拉」。六朝至唐五代詩詞中，「牽」經常用於被動句，意為「牽絆」，如：慟由才難，感為情牽（陶淵明集）；幾多心事，暗地思惟，被嬌娥牽役（唐五代詞）。宋代「牽」才真正用於主動句，表示「掛念」。「牽」獨用表「掛念」的例子未見，僅用於複合詞中。如：駕鴦風急不成眠，些兒閑事莫縈牽（全宋詞）；有愛緣牽心（雲笈七籤）。

本「記掛」「惦記」的使用情況：

表 5.5 《紅樓夢》各版本「記掛」「惦（記）」使用情況

	甲戌本	庚辰本	己卯本	列藏本	戚序本	舒序本	鄭藏本	北師本	甲辰本	東觀閣前80	東觀閣後40	蒙府本前80	蒙府本後40	程甲本前80	程甲本後40	程乙本前80	程乙本後40
記掛	8	16	8	18	25	20	1	22	29	21	1	29	1	30	1	4	0
惦記	0	1	1	0	0	0	0	1	0	0	15	0	17	0	17	27	惦17掂1
惦著	0	惦2掂1	惦2掂1	墊2掂1	墊3	0	0	惦1掂1	惦1墊2	3	5	惦2墊1	4	3	5	4	5

對比程甲乙本前 80 與後 40 回，「記掛」和「惦（記）」的使用也有很大的不同。程甲本中，前 80 回「記掛」與「惦（記）」的比例為 8：1，後 40 回則相反，二者比例為 1：22。全 120 回「記掛」與「惦（記）」之比為 1.2：1；程乙本情況有了很大的變化，前 80 回「記掛」與「惦（記）」的比例為 1：7.8，後 40 回中，「記掛」不用。全 120 回「記掛」與「惦（記）」之比為 1：13.5。如下表：

表 5.6 《紅樓夢》庚辰本、程甲、乙本「記掛」「惦（記）」使用情況

版　本	回　數	記掛（罣）	惦　記	惦　著
庚辰本	80 回	24	1	2
程甲本	前 80 回	30	0	3
	後 40 回	1	17	5
	小　計	31	17	8
程乙本	前 80 回	4	27	4
	後 40 回	0	惦 17 掂 1	5
	小　計	4	45	9

程乙本中的「惦（記）」有 25 處來自程甲本中的「記掛」，例如：

（1）戌：寶釵笑答說：「已經大好了，到多謝記掛著。」說著讓他在炕沿
　　　　上坐了。

　　　庚：寶釵笑答說：「已經大好了，到多謝記掛著。」說著讓他在炕沿
　　　　上坐了。

　　　　甲：寶釵笑答道：「已經大好了，多謝記掛著。」說著讓他在炕沿上
　　　　　　坐了。

　　　　乙：寶釵笑答道：「已經大好了，多謝惦記著。」說著讓他在炕沿上
　　　　　　坐下。（第 8 回）

（2）戌：鳳姐因記掛著寶玉，怕他在郊外縱性逞強，不服家人的話，賈政
　　　　　　管不著這些小事，惟恐有個閃失，難見賈母，因此便命小廝來喚
　　　　　　他。

　　　　庚：鳳姐兒因記掛著寶玉，怕他在郊外縱性逞強，不服家人的話，賈
　　　　　　政管不著這些小事，惟恐有個失閃，難見賈母，因此便命小廝來
　　　　　　喚他。

　　　　甲：鳳姐因記掛著寶玉，怕他在郊外縱性，不服家人的話，賈政管不
　　　　　　著，惟恐有閃失，因此命小廝來喚他。

　　　　乙：鳳姐因惦記著寶玉，怕他在郊外縱性，不服家人的話，賈政管不
　　　　　　著，惟恐有閃失，因此命小廝來喚他。（第 15 回）

（3）庚：賈芸道：「只是身上不大好，到時常記掛著嬸子，要耒瞧瞧，又
　　　　　　不能來。」

　　　　甲：賈芸道：「只是身上不好，倒時常記掛著嬸娘，要瞧瞧，總不能
　　　　　　來。」

　　　　乙：賈芸道：「只是身上不好，倒時常惦記著嬸娘，要瞧瞧，總不能
　　　　　　來。」（第 20 回）

（4）戌：寶玉回至園中，襲人正記掛他去見賈政不知是禍是福。
　　　　庚：寶玉回至園中，襲人正記掛著他去見賈政不知是禍是福。
　　　　甲：寶玉回至園中，襲人正記掛著他去見賈政不知是禍是福。
　　　　乙：寶玉回至園中，襲人正惦記他去見賈政不知是禍是福。（第 26
　　　　　　回）

（5）庚：寶玉喜不自禁，即令調來嘗試，果然香妙非常，因心下記掛著代
　　　　　　玉，滿心裏要打發人去。

　　　　甲：寶玉喜不自禁，命調來吃，果然香妙非常，因心下記掛著黛玉，
　　　　　　滿心裏要打發人去。

乙：寶玉甚喜命調來吃，果然香妙非常，因心下惦著黛玉，要打發人去。（第 34 回）

（6）庚：邢夫人記掛著昨日賈璉醉了，忙一早過耒，叫了賈璉過賈母這邊耒。

甲：邢夫人記掛著昨日賈璉醉了，忙一早過來，叫了賈璉過賈母這邊來。

乙：邢夫人惦記著昨日賈璉醉了，忙一早過來，叫了賈璉過賈母這邊來。（第 44 回）

（7）庚：小丫頭子哭道：「我原沒看見奶奶來，我又記掛著房裏無人，所以跑了。」

甲：小丫頭子哭道：「我原沒看見奶奶來，我又記掛著屋裏無人，所以跑了。」

乙：小丫頭子哭道：「我原沒看見奶奶來，我又惦記著屋裏沒人，跑來著。」（第 44 回）

（8）庚：寶玉因心裏記掛著這事，一夜沒好生淂睡，天亮了就爬起來。

甲：寶玉因心裏記掛著這事，一夜沒好生得睡，天亮了就爬起來。

乙：寶玉因心裏惦記者這，一夜沒好生得睡，天亮了就爬起來。（第 49 回）

（9）庚：尤二姐道：「既如此，你只管放心前去，這裡一應不用你記掛。」

甲：尤二姐道：「既如此，你只管放心前去，這裡一應不用你記掛。」

乙：尤二姐道：「既如此，你只管放心前去，這裡一應不用你惦記。」（第 66 回）

（10）庚：迎春道：「乍乍的離了姊妹們，只是眠思夢想；二則還記掛著我的屋子，還得在園裏舊房子裏住得三五天，死也甘心了。」

甲：迎春道：「乍乍的離了姊妹們，只是眠思夢想；二則還記掛著我的屋子，還得在園裏住得三五天，死也甘心了。」

乙：迎春道：「乍乍的離了姊妹們，只是眠思夢想；二則還惦記著我的屋子，還得在園裏住個三五天，死也甘心了。」（第 80 回）

（二）「掛念」義動詞「記掛」「惦記」的產生及發展

1. 記掛

「記掛」一詞表示「掛念」，源自「記」和「掛」的同義組合。記，《說文·言部》：「疋也。」段注：「疋，各本作疏。疋，記也。此疋、記二字轉注也。疋，今字作疏，謂分疏而識之也。」《玉篇·言部》：「記，錄也。」「記」從上古開始，意義變化不大，一直表「記錄」「記憶」，宋代「記」開始表「掛念」義。如：

（1）邇承占問之及，良荷記存之深。（文同《賀洪雅知縣陳秘丞狀》，引自《漢語大字典》）

「記」表「掛念」不能單用，只能作為構詞語素參與複合詞構造。我們調查的宋代語料中，沒有發現「記」表「掛念」的例子。元明時期「記」參與構造表「掛念」的詞多見。如：

（2）又沒甚公事忙，心緒攘，若有大公事失誤不惹災殃？量這些兒早不將心記想。（《新校元刊雜劇三十種·張鼎智勘魔合羅》第三折）

（3）數年不見，音信皆無，也不知他得官也未，使我心中好生記念。（關漢卿《望江亭》第一折引自《漢語大詞典》）

（4）他不嫌，俺正忺。不顧傷廉，何曾記點。（曾瑞《鬥鵪鶉·風情》套曲引自《漢語大詞典》）

（5）宋江道：「你只顧將去，不要記懷。」（《水滸傳》第38回）

掛，《說文·手部》：「畫也。從手，圭聲。」段注：「畫，葉本作『宣』。李文仲《字鑒》亦作『宣』。《六書故》云：『唐本作懸。』《玉篇》亦作『懸』。《特牲禮》曰：『實於左袂，掛於季指，卒角。』鄭云：『掛祛以小指者，便卒角也。』《易·繫辭傳》：『分而為二象兩。掛一以象三。』孔疏曰：『掛其一於最小指間，皆有縣義合。古本多作畫者，此等皆有分別畫出之意。』陸德明云：『掛，別也。後人乃云懸掛，俗制掛字耳。許訓畫者，古義疊韻為訓。唐本訓懸，非古也。』《禮》注云：『古文掛作卦。』」朱駿聲通訓定聲：「掛，字亦作挂、罣、罫。」可知，「掛」的本義為鉤掛，後常用作懸掛。

「掛」表「掛念」六朝時就有，唐代用例增加。「掛」可以單用，如：

（6）達生豈是足，默識蓋不早。有子賢與愚，何其掛懷抱。（杜甫《遣興
　　　五首》其三）

（7）省徭慎役，未掛於愚心；貪財徇名，已間於拙見。（《全唐文》卷四百
　　　一，柳同《對萊田不應稅判》）

「掛」用於複合詞的用例多見。「掛」類複合詞不但有並列式，如「掛念」
「掛想」，還有補充式，如「掛心」「掛懷」「掛住」。舉例如下：

（8）私好初童稚，官榮見子孫。流年休掛念，萬事至無言。（杜牧《奉送
　　　中丞姊夫儻自大理卿出鎮江西敘事書懷因成十二韻》）

（9）以貞觀年中乃於大興善寺玄證師處。初學梵語。於是仗錫西邁掛想祇
　　　園。背金府而出流沙。（《大唐西域求法高僧傳》卷上）

（10）同行二十人，魂骨俱坑填。靈師不掛懷，冒涉道轉延。（韓愈《送靈
　　　師》）

（11）獨向山中見，今朝又別離。一心無掛住，萬里獨何之。（賈島《送道
　　　者》）

（12）及子由分俸七千，邁將家大半就食宜興，既不失所外，何復掛心，實
　　　然此行也。（蘇軾《與參寥子十一首》）

「記掛」一詞，最早見於元末明初：

（13）（行者云）師父，山這邊有人家，你且歇下。著弟子直到鐵嵯峰，尋
　　　鐵扇公主，借扇子來，著師父過去。（唐僧云）你疾去早來，休著我
　　　記掛你。（楊景賢雜劇《西遊記》第十八出迷路問仙）

明代，「記掛」用例有所增加。如：

（14）賊禿道：「乾爺不必記掛，小僧都分付了，已著道人邀在外面，自有
　　　坐處酒面。（《水滸傳》第44回）

（15）有一年多不見你面，又無音耗。後來聞得你同師父到那裡下路去了，
　　　好不記掛！（《初刻拍案驚奇》卷34）

（16）玉娘本性聰明，不勾三月，把那些經典諷誦得爛熟。只是心中記掛著
　　　丈夫，不知可能勾脫身走逃。（《醒世恒言》第19卷）

（17）西門慶因記掛晚夕李瓶兒有約，故推辭道：「今日我還有小事，明日

去罷。」(《金瓶梅詞話》第 15 回)

（18）新年裏別了我郎舟，教我時常記掛在心頭，多情不見，望穿兩眸，雲山萬疊，教奴送愁。(明民歌《夾竹桃》)

（19）陳代巡還戀戀不捨，他記掛縣中賺錢，竟自回了。(《型世言》第 30 回)

清代文獻中，《紅樓夢》80 回本中「記掛」相對多見，其他文獻中偶見。各舉一例如下：

（20）晁大舍叫人在鼻尖上抹上了一塊沙糖，只是要去舐吃，也不想往臨清去了；也不記掛著珍哥，丟與了晁住，託他早晚照管。(《醒世姻緣傳》第 19 回)

（21）那秦鍾魂魄那裡肯就去，又記念著家中無人掌管家務，又記掛著父親還有留積下的三四千兩銀子，又記掛著智慧尚無下落，因此百般求告鬼判。(《紅樓夢》第 16 回)

（22）姑奶奶，師傅把你送到這等個人家兒來，師傅沒有甚麼惦記你的咧，你倒也不必記掛著師傅。(《兒女英雄傳》第 32 回)

（23）李大人道：「多時不見，我們記掛貴公使的很。」(《官場現形記》第 58 回)

（24）清帝心裏略略安慰了一點，總算沒有全落空，不過記掛著二妞兒一定在那兒不快活了。(《孽海花》第 26 回)

（25）我就在我母親跟前，再四央求，一定要到杭州去看看父親。我母親也是記掛著，然而究竟放心不下。(《二十年目睹之怪現狀》第 2 回)

清以後的近代文獻中，「記掛」罕見，僅檢得幾例，如：

（26）柯：你曾記掛我嗎？

美：狠記念你。

柯：那麼我後悔，我沒有多離開你一會，我最喜歡被人家記念。(新青年第一卷四號《意中人》，王爾德著，薛琪瑛譯)

（27）知日歡喜道：「兒，你記念我麼？」關孫說：「日日念著記掛你的。」(《歡喜冤家》第 19 回)

（28）正月裏想我郎，郎郎是新年；我的郎留學去已經大半年，少年當存愛
　　　國志，切莫要把奴家記掛在心間。（安徽俗話報第六期《癡人說夢》）

現代漢語中，「記掛」已不用，《現代漢語詞典》將「記掛」作為方言詞收
入。

2. 惦記

清代，新詞「惦」產生。「惦」的具體來源無從考證。《漢語大字典》：「惦，
掛念，思念。」引《中華大字典‧心部》：「惦，俗以思念為惦記，或云惦念。」
陸澹安《小說詞語匯釋》：「俗稱『掛念』為『惦記』。「惦」是『惦記』的簡
詞。」《紅樓夢》之前，「惦」未見。「惦」又寫作「掂」（形似音近而誤）、「墊」
（音近而誤）。《紅樓夢》庚辰本中，「惦」出現，僅 4 例（「惦記」1 例，「惦
著」3 例）。除第 11 回「只管這麼著，到招的媳婦也心裡不好，太太那裡又掂
著你」1 例外，後 3 例均出自第 67 回，原庚辰本無第 67 回，現影印庚辰本的
第 67 回是據己卯本或蒙府木補入。「惦」應是從程甲本《紅樓夢》開始的，
不能單用，其後多跟助詞「著」，或構成複合詞「惦記」。程乙本《紅樓夢》
中，「惦」大量增加，與程甲本相比，增加了一倍。例如：

（1）你倒別在這裡，只管這麼著，倒招得媳婦也心裏不好過，太太那裡又
　　　惦著你。（《紅樓夢》程甲本第 11 回）

（2）寶玉請安，那北靜郡王單看寶玉道：「我久不見你，狠惦記你。」（《紅
　　　樓夢》程甲本第 85 回）

（3）寶玉回至園中，襲人正惦記他去見賈政不知是禍是福，只見寶玉醉醺
　　　醺回來，因問其原故。（《紅樓夢》程乙本第 26 回）

（4）李紈因向賈蘭道：「哥兒瞧見了，場期近了，你爺惦記的什麼是的，
　　　你快拿了去給二妹妹瞧去罷。」（《紅樓夢》蒙府本第 118 回）

《紅樓夢》以後的文獻中，《品花寶鑒》《兒女英雄傳》用例較多，晚清「四
大譴責小說」中，「惦記」偶見，京語小說《小額》中也有用例。如：

（5）蘇小姐道：「家母那日因姐姐回去時，說有些不快，心上常惦記著
　　　呢。」（《品花寶鑒》第 11 回）

（6）一日裏外吃罷了飯，張老夫妻惦記店裏無人，便忙忙告辭回去。（《兒

女英雄傳》第 21 回）

（7）一擱擱了三天，難為上頭堂官倒惦記著這事，今天又問了下來。（《官場現形記》第 36 回）

（8）善金也說：「阿瑪您就帶他去吧這檔子事倒不要緊。您不用惦記著。」（《小額》）

清代以後，「惦記」使用頻率上升，逐漸向通語滲透。現代漢語中，「惦記」在哈爾濱、濟南、北京、烏魯木齊、洛陽等北方官話區使用。

（三）「記掛」「惦記」在明清文獻和現代漢語方言中的分布

1.「記掛」「惦記」在明清白話文獻中的分布

「記掛」雖元末明初已見，經過明代的發展，用例沒有明顯的增加，所以也沒成為表達「掛念」義的主導詞，這可能與近代漢語時期「掛念」類詞的豐富表達有關。「掛念」類詞發展到近代漢語時期，組成成員更加豐富，龍慧（2007）、李霞（2007）、李來興（2010）、劉雲（2011）等對近代漢語文獻中的心理動詞作了窮盡性的研究，從這些研究中可以發現，近代漢語「掛念」類詞除了使用上古的「念」作為構詞語素，中古時期出現的「掛」、宋代出現的「牽」也被吸納進來，用於此類複合詞的構造，故這一時期「掛念」義詞的主導詞並不明顯。在我們調查的明代文獻中，「記掛」用例不多，多見於南方方言作品中，清代「記掛」的使用延續了這一特點：《品花寶鑒》《兒女英雄傳》等北方方言作品以使用「惦（記）」為常，「記掛」罕用或不用；《紅樓夢》前 80 回中，「記掛」常見，晚清「四大譴責小說」中，有三部作品「記掛」仍在使用，但用例不多。如下表：

表 5.7 明清文獻中「記掛」「惦（記）」使用情況表

文獻	三國演義	水滸傳	西遊記	三言	二拍	明民歌	鼓掌絕塵	型世言	封神演義	金瓶梅詞話	醒世姻緣傳	聊齋俚曲集	歧路燈	儒林外史	《紅樓夢》（乙）前80回	《紅樓夢》（乙）後40回	白姓官話	品花寶鑒	兒女英雄傳	官場現形記	老殘遊記	孽海花	二十年目睹之怪現狀	海上花列傳	何典	小額
地域	江淮	江淮	江淮	南方	南方	吳語	南方	南方	江淮	山東	山東	山東	中原	江淮	北京	北京	南方	北京	北京	江淮	江淮	江淮	江淮	吳語	吳語	北京

記掛	0	3	0	15	10	1	0	4	0	13	2	0	0	0	4	0	0	0	3	7	0	3	2	0	0	0
惦（記）	0	0	0	0	0	0	0	0	0	0	0	0	0	0	1	31	23	0	16	29	3	0	1	7	0	0	2

　　程甲、乙本將「記掛」改為「惦（記）」，透露出程、高等人喜用北方話「惦（記）」一詞的傾向。滿漢教科書《清文指要》（1789／1809）《三合語錄》（1830）中「惦」都不見。英國人威妥瑪編寫的漢語教材《語言自邇集・談論篇》（1867）中出現 2 例「惦記」、1 例「惦念」，該書全面採用了《清文指要》的內容，異文如下：

（1）a. 這個我並不委屈，但只父母年老了，兄弟們又小，再者親戚骨肉都看著我，我硬著心捨得誰？（清文指要）

　　　b. 我並不委屈。但只惦記，父母上了年紀，兄弟又小，再者親戚骨肉都在這兒，我能撂得下誰呢？（自邇集・談論篇）

（2）a. 也是親戚里頭這樣的掛心罷咧，要是不相干的還想著我嗎？（清文指要）

　　　b. 我十分感情不盡。總還是親戚們，關心想著我。若是傍不相干兒的人，能殼這麼惦記我麼？（自邇集・談論篇）

（3）a. 要是養了那樣不長進的兒子，他的身子就住在園裏，還未必燒一張紙錢呢啊。（清文指要）

　　　b. 若是個沒有出息兒、不惦念上墳的子孫，就是他們住得、離著墳地很近，還未必能殼燒一張紙錢呢！（自邇集・談論篇）

反映了《語言自邇集・談論篇》用詞方面北方官話的鮮明特點。

　2.「記掛」「惦記」在現代漢語方言中的分布

　　清代以後的近現代文獻中，前舉《新青年》《安徽俗話報》中，南方作家如張愛玲、錢鍾書的作品中，「記掛」仍有使用。如：

（1）霓喜白了他一眼道：「惦記著你嘛！記掛你，倒記掛錯了？」（張愛玲《連環套》）

（2）嬌蕊瞅了他一下，笑道：「什麼客人，你這樣記掛他？阿媽，你給我拿支筆來，還要張紙。」（張愛玲《紅玫瑰與白玫瑰》）

（3）真正想一個人，記掛著他，希望跟他接近，這少得很。人事太忙了，

　　不許我們全神貫注，無間斷地懷念一個人。（錢鍾書《圍城》）

「惦（記）」作為新生力量，清代一出現便發展迅速，開始時主要在北方使用，清代以後，逐漸成為通語，老舍、曹禺等北方作家的作品中，表達「掛念」最常用的也是「惦」。但南方方言中，「惦」的使用一直相對保守，僅用於一些文人的創作中。如張愛玲、錢鍾書的作品中，「惦記」「惦念」亦見，如上舉例（1）中，前用「惦記」，後用「記掛」，可見，「惦」已經用於通語，魯迅的作品中「惦」也多見，不用「記掛」。

據《現代漢語方言大詞典》，「掛念」類詞在現代漢語方言中分布的總體情況是：「惦」繫詞（惦、惦記、惦念、惦心）僅在東北（哈爾濱）、北京、冀魯（濟南）、蘭銀（烏魯木齊〔註17〕）、中原官話（洛陽）等部分北方官話區使用，不見於南方方言。「掛」繫詞（掛、記掛、掛記、掛心、掛念、掛住）是多數南方方言中表達「掛念」類的主導詞，「記掛」是「掛」繫詞中最常使用的，見於蘭銀官話（烏魯木齊）、江淮官話（南京、揚州、南通）、吳語（丹陽、杭州、寧波、溫州）、閩語（廈門），在南昌、於都為「掛記」，婁底為「掛及」；「牽」繫詞（牽記、掛牽、掛欠）僅在南方方言中的部分地區使用。如下表：

〔註17〕烏魯木齊方言中，通俗的說法是「記掛」。

表5.8 43個方言點「掛念」類詞分佈

語言	方言點	「掛」系	「估」系	其他
東北	哈爾濱	掛‥掛念	估念（估心）	
北京	北京		估記	
冀魯	濟南	掛著（掛掛著）	估記	
膠遼	牟平		掛	
官話 中原	洛陽		估記	
	西安			念叨
	萬榮			諗記 記
	西寧			牽心（扯心）‥心放不下
蘭銀	銀川			扯心
	烏魯木齊		估＝估記＝記掛	
西南	成都			攵③‥掛倒（起）‥勾勾掛掛
	貴陽			攵‥掛攵
	柳州	掛心‥掛牽		
	武漢	掛		攞‥念記‥牽（掛）
江淮	徐州	掛‥掛心		念思＝各念‥各念‥各縈縈
	南京	記掛		
	揚州	記掛		
	南通	記掛		
	丹陽	記掛		
吳語 北部	崇明			牽記‥掛心‥掛一心
	蘇州			牽記
	上海			牽記
南部	杭州	記掛		
	寧波	記掛		
	金華	記掛		見掛
	溫州	記掛		思想
晉語	太原	掛		結記
贛語	南昌	掛‥掛記		牽到
	黎川			想③
	萍鄉			牽到②
閩語	建甌			盡想‥盡記住
	福州	掛②‥掛心		念‥懸①‥懸望
	廈門	記記掛		糾心
	雷州			念①
	海口	掛心‥掛條		掛礙
粵語	廣州	掛意‥掛心‥掛望‥掛住		
	東莞	掛住		顧住‥記住
客家	梅縣	掛心‥掛念		
	於都	掛記＝掛念‥掛心、掛腸		
徽語	績溪			想③
湘語	長沙	掛牽‥掛礙		
	婁底	掛及①		
南寧平話		掛念‥掛慶		

（四）小　結

（1）現代漢語中的「掛念」類詞大部分都是在唐以後尤其是近代漢語階段發展起來的，「記掛」和「惦（記）」都產生於近代漢語後期，但前者出現於明末清初，後者最早見於 18 世紀末期，產生的具體時間不同。

（2）「記掛」在明清時期一直有所使用，但用例不多，僅出現在南方作品中；「惦（記）」最早見於北京話作品中，且產生後就迅速發展，清代後期便成為表達「掛念」義的主導詞，用於清代以來變化較快的北方話。

（3）清代以後的文人創作中，「惦（記）」作為通語得到廣泛使用。北方籍作家作品中，「惦（記）」多見，而在一些南方籍作家在使用舊詞「記掛」的同時，也嘗試使用新詞「惦（記）」；但聯繫現代漢語方言，「惦（記）」卻不見於南方方言，僅見於北方方言。可見，在對二詞的使用上，再一次證明了南方話存古、北方話趨新的總趨勢。

（4）新詞興起以後，往往先在北方話中逐步擴散，與舊詞產生競爭之勢，進而完全替代舊詞。如「惦記」在今北方官話區廣泛使用，但與此同時，這些地區表「掛念」的舊有形式「掛」類詞仍在使用（表 3）。可見，詞彙擴散的進程是緩慢而複雜的。

第六章　結　語

一、《紅樓夢》異文與明清常用詞的歷時替換

通過第三、四、五三章對常用詞的個案考察，我們可以看出，明清時期是近代漢語常用詞發生歷時替換的重要時期，一些新興的常用詞彙如言語動詞「商議」誦讀義動詞「念」「遇見」義動詞「撞（見）」在明代已經得到廣泛應用，另一方面，這些新興詞也逐漸對原有常用詞展開替換，清代替換進一步完成。如「迎接」義動詞「接」替代「迎」，「撂（撩）」替代「丟」，表「理睬」義的「理」替代「采（睬）」。除此之外，還有一批《紅樓夢》程甲乙本異文也體現了這一時期常用詞的歷時演變，如：（「／」前為程甲本，「／」後為程乙本，括號中的數字為異文數，下同）

（1）面／臉

程乙本將程甲本中的「面」改為「臉」，如：

面／臉上淡淡的。

相應地，甲本中「洗面水」到了乙本為「洗臉水」。這說明《紅樓夢》程高本時代，單音詞「面」已經被「臉」取代。汪維輝（2005）通過對四種《老乞大》版本語言差異的研究指出，明代口語裏，「臉」用同「面」已經常見。《原本》和《諺解》人的臉都說「面」，到了《新釋》和《重刊》，人洗臉都說

成「洗臉」而不是「洗面」了。《紅樓夢》中,「臉」已經是常用詞,程乙本正是將程甲本沒有修訂徹底的地方再進一步完善,使其更加符合當時的語言習慣。

（2）口／嘴

程乙本將程甲本中的「口」改為「嘴」。如:口角／嘴。「嘴」除了可以單用,也已經常進入一些常見組合,如:<u>口／嘴</u>裏;口頭／嘴裏。呂傳峰（2006）指出,元末明初至清中葉是「嘴」與「口」展開全方位競爭的關鍵時期。《紅樓夢》時代,「嘴」單用已具有了絕對優勢,但由「口」組成的複合詞仍在大量使用,程高本異文正好可以說明複合結構中,「嘴」對「口」的替換是一個逐步推進的過程。

（3）窗、窗子／窗戶

程乙本中,「窗戶」逐漸取得了統一的地位。丁喜霞（2006:271）指出,清代文獻中,表示「窗」義,除了單音詞「窗」,一般都用「窗戶」表示。通過考察清代文獻,可以知道,清代文獻中表示「窗」義的雙音詞,幾乎就是「窗戶」一統天下的局面。程乙本對程甲本表「窗」義詞的改動,也可說明「窗戶」的盛行。

此外,名詞「足／腳」「頭／腦袋」「物／東西」「今／如今」「中／裏」「兄弟／哥哥」「姊妹／妹妹」「道／路」等異文也屬於此類。

動詞「呼／叫」「喚／叫」「著／叫」「吃／喝」「引／帶」「攜／帶」「與／給」「立／站」「隨／跟」「視／看」「念／想」「怒／惱」「恐／怕」「畏／怕」「欲／要」「想／要」「滌／洗」「入／進」「索／要」「至／到」「奪／搶」「勒／繫」「到／來」「唾／吐」「似／像」「聽得／見」「叩／磕頭」「棄厭／嫌」「道／打諒（當／打諒）」「知道／打諒」「忖裁／想」「畏懼／怕」「不可／許」。

其中,「吃／喝」（呂傳峰2005、張蔚虹2010）、「與／給」（李宗江1997、董志翹1998）、「視／看」（呂東蘭1998）等常用詞的替換學界已有所關注。汪維輝（2005）通過指出了有過歷時更替的80多組基本詞,上舉「物／東西」「道／說」「喚／叫」「著／教」「索／要」「立／站」「引／帶」等均有涉及。

張生漢（2008）指出,隨著漢語的不斷發展變化,前一歷史朝代或以前一個時期使用的某個詞語,後來逐漸被另一個意義相同（指 個義位相同）的詞

語所替代，這就是詞彙的歷時替換。

二、《紅樓夢》異文與明清常用詞的地域性特點

漢語詞彙發展史中，由於相互接觸、交融，先後曾應用於不同歷史時期或者不同地域而又指稱同一事物對象的詞語之間，可能會發生此消彼長、相互替換的現象。其中，原來只在某一區域使用的方言詞，後來進入了通語，並逐漸取代了通語中與之相應的另一個詞，或者原來是這一地區使用的詞後來進入了另外一個地區，並取代了另一地區與之意義相同的詞，被另外一個地區的人們所廣泛使用，以至共時平面上，常用詞的使用呈現出複雜的地域性特點。程高本《紅樓夢》異文恰好體現了這種差異。如：

名詞：

（1）時間詞＋日／時間詞＋兒

前日／兒；昨日／兒；今日／兒；明日／兒

這種差異可能反映了北京話時間表達中「兒」對「日」的歷時替換。

《紅樓夢》程甲乙本中未見「今／昨／明／前／後天」的用例。但程乙本將程甲本中概數後的「日」改為了「天」，共 18 例。如：

有一日／天；想了半日／半天；這日／這一天；餓了兩三日／天；家去住幾日／天；一連忙了七八日／天；等了這半日／天；幾日／天；這幾日／天。這是較早的「天」表時間的用例。蔣紹愚（2006）指出「今／昨／明天」最早見於《花月痕》（1858），其中的「天」是從表示「一晝夜」或「一個白晝」的「天」發展而來的，後者從清代開始取代「日」。〔註1〕我們從《紅樓夢》程甲乙本異文中可以看出，18 世紀中後期，「天」對「日」的替換才剛開始，且是從「數詞（概數詞）＋日」的結構開始的，「時間詞＋天」也許是「數詞（概數詞）＋天」的擴展。太田辰夫（1991：P300）則說：「今天」等可以認為是從南方引進的，但據劉曼（2011），北京話「社會小說」《北京》（1923，作者為北京旗人，描寫的是民國元年之事）則只用「今天」「明天」「昨天」等了，不用北京話的「今兒（個）」，只有「明兒」，但作為「將來」義的副詞來使用（參見太田辰夫 1991：P320）。「時間詞＋天」的確更常在南方官話中使用，

〔註1〕轉引自劉曼（2011）。

北京話中多用「時間詞＋兒（個）」。另據張美蘭（2011：207）九江書局版《官話指南》（1893）便把北京官話版《官話指南》（1881）中的「時間詞＋兒（個）」改為了「時間詞＋天」和「時間詞＋日」。

（2）中晌／晌午

跟來的丫頭媳婦們因問：「奶奶今日中晌／晌午尚未洗臉，這會子趁便可淨一淨好？」（第 75 回）

「晌午」為北方詞，「中晌」為南方詞。據張美蘭（2011：208），《官話類編》也有類似用法，如：

晌午／中時／中上買的銀子是八件，你數了沒有？

【注】晌午 is the form used in the North. While 中時 and 中上 are used in the South.

（3）姨娘／姨媽

甲乙兩本前 80 回中，表達親屬稱謂前 80 回「姨娘」「姨媽」並用，且主要用「姨娘」，後 40 回則僅用「姨媽」，不見「姨娘」。如下表：

版　本	回　數	姨　媽	姨　娘
庚辰本	80 回	11	50
程甲本	前 80 回	15	53
	後 40 回	5	0
程乙本	前 80 回	14	55
	後 40 回	4	0

甲乙兩本前 80 回中，寶玉稱薛姨媽多用「姨媽」，而寶釵稱王夫人、賈蓉稱「二尤」時則多用「姨娘」。王世華（1984）曾將「姨娘」一詞作為下江官話的代表，並特別指出姨類稱謂分長幼是老南京話的習慣：長於母親的、已婚的稱「姨媽」，小於母親的、未婚的稱「姨娘」。劉丹青（1996）印證了這一觀點，指出「姨媽」「姨娘」之分是曹雪芹的方言特點而不是北京話的特點，並進一步上升到類型學的高度，指出父母之姐妹分長幼，在漢語內部是一種南方類型。我們通過對程甲乙本《紅樓夢》姑姨類稱謂的考察，認為前 80 回的姨類稱謂符合南京話而不符合北京話，後 40 回中則不存在這種分別。換句話說，越是往北，姑姨稱謂的長幼區分越不明顯。

程甲、乙本中，不管王夫人與薛姨媽誰年長，寶玉和寶釵都稱她們為「姨

媽」。但核對其他版本，甲、乙兩本前 80 回寶釵稱王夫人的 5 例「姨媽」中，有 4 例在列藏本或更多其他版本中為「姨娘」。如第 78 回中，寶釵對王夫人說「姨媽和鳳姐姐都知道我們家的事」，按照王文、劉文的說法，寶釵應稱王夫人為「姨娘」，此處只有列藏本作「姨娘」，其他各本均為「姨媽」。下文又有三處稱呼王夫人，除戚序本與上文保持一致還是稱「姨媽」外，其餘各本都作「姨娘」。此外，第 26 回薛蟠以賈政的名義將寶玉騙出去以後，寶玉說「我告訴姨娘去評評理」，寶玉應稱薛姨媽為「姨媽」，可是除戚序本用「姨媽」外，其餘各本均作「姨娘」。這種情況可以引起我們三方面的考慮：第一，如果這本來就是曹雪芹本人的改筆，結合曹雪芹由南而北的生活經歷，正好可以說明當時姨類稱謂南方話分長幼而北方話不分長幼的結論；第二，如果純屬傳抄有誤，也許可以說明修訂《紅樓夢》的三四十年間，至少在修訂者的語言習慣中，「姨媽」「姨娘」已經無別；第三，戚序本有其獨特的價值，魯迅、俞平伯等人都推重戚本，俞平伯提道：「雪芹是漢軍旗人，所說的是他家庭中底景況，自然應當用逼真的京語來描寫，即以文章風格而言，使用純粹京語，來表現書中情事亦較為明活些。這是戚本底一個優點，不能夠埋沒。」戚本「所用的話幾乎全是純粹的北京方言」，所以「比高本尤為道地。」導致《紅樓夢》以北京話寫成，幾乎成了學者們的共識。

　　稱謂詞中「娘／媽」的南北差異在 1905 年刊行的《官話類編》中也有記載。如：

　　高大娘／大媽的病今天好些。p.40【注】大媽，same as 大娘，Southern.p.41（引自張美蘭 2011.p.268）

　　《現代漢語詞典》中「姨娘」：①舊時子女稱父親的妾；②〈方〉姨母。可見，作為親屬稱謂的「姨娘」已經演變成為方言詞，而「姨媽」則成為今北京話中表示這一含義常用的稱呼語。

　　（4）衣服／衣裳

　　《紅樓夢》程甲本中有 25 處「衣服」被程乙本改寫為「衣裳」。辛永芬（2004）結合方言對「衣服」「衣裳」「衫」「衣衫」「衫褲」的形成及地域分布作了描寫，認為普通話中使用「衣服」是較為書面化的選擇，而實際口語當中，「衣裳」的穩固性更強，使用面更廣。張慶慶（2007）對近代漢語「衣服」

義名詞的演變進行了研究，並結合方言對「衣服」「衣裳」的形成及地域分布作了描寫。張文指出，「衣裳」在清代文獻中應用非常多，總體用例超過了「衣服」，現代漢語普通話不再使用，可是在現代漢語 80% 的方言中「衣裳」還是作為「衣服」的通稱。這是近代漢語詞彙在方言中的保留與發展。

此外，「手帕子／絹子（帕子／絹子；手帕／絹子）」「背心／坎肩兒」「房／屋」「床／炕」「太醫／大夫」「武藝／本事」「小姐／姑娘」「婆娘／婆子」「性子／脾氣」等名詞異文，「攜／帶」「攜／領」「磊／放」「睡／躺」「看／瞧」「尋／找」「撤／按」「索／要」「生／長」「冷／凍」「尋／要」「頑／逛逛」「頑笑／耍」「揩拭／擦」「忘記／忘」「見／看見」「泡茶／沏茶」「覺得／覺著」「沒／沒有」「出閣／出門」等動詞異文也能充分體現程甲本所用詞彙形式屬於南方話，程乙本與之對應的詞彙形式則為北方話。

張美蘭（2011）系統地分析了兩種《官話指南》（1881 年北京官話本《官話指南》和 1893 年由九江書會編著九江印書局活字印的《官話指南》）所體現的十九世紀末漢語官話詞彙的南北差異，共列舉了 126 組詞；此外，美國來華傳教士狄考文（Calvin Wilson Mateer）在 1892 年編著的《官話類編》（Mandarin Lessons）一書也記錄了當時的南北官話，如上舉「房／屋」（P206，P276）、「太醫／大夫」（P203，P269）、「睡／躺」（P216，P288）、「看／瞧」（P215）、「生／長」（P287）、「頑笑／耍」（P288）、泡茶／沏茶（P215）；覺得／覺著（P214）；沒／沒有（P214；P284）；出閣／出門（P280）。

《官話類編》用英文在文中注解了這種官話的南北地域分布。如：

「忘記／忘」（P217，P288）：我已經告訴你三回，你又忘記／忘了。

【注】：In the south「記」is always used with「忘」；in the North it is often，perhaps generally，ommited.

這些研究都證明了明清時期常用詞的分布存在時間和地域上的差異。魯國堯（1985）首次提出明代官話的基礎方言是南京話的假說，此後又據瓦羅《華語官話語法》進一步得出清初官話的基礎方言也是南京話；張衛東（1998）認為，明清官話分南北兩支，南方官話以江淮官話為基礎方言，以南京官話為標準。潘建國（2008）在上述觀點的基礎上指出，明代至清代中前期的通俗小說，其所用白話以江淮地區的口語為主，而清代中後期的通俗小說，則以北方地區的口語為主。我們的研究也從另一個角度印證了官話基礎方言所經歷的由南

而北的轉變。

三、《紅樓夢》異文與明清作家作品

　　常用詞的使用頻率高，經常出現在人們的口頭和筆下，很難作偽，常用詞的計量統計是從語言角度判定作品時代的一個可靠根據。較早使用這一方法的是高本漢。他的《New Excursions on Chinese Grammar》一文，對明清五部白話小說的語法、詞彙進行了比較研究。他列舉了30多種語法、詞彙現象，統計它們在《水滸》（前七十回）、《水滸》（後五十回）、《西遊記》《儒林外史》《紅樓夢》（前八十回）、《紅樓夢》（後四十回）、《鏡花緣》中的使用頻率，從而得出《水滸》（前七十回）和《水滸》（後五十回）在這30多種語法、詞彙現象上的語言差別甚大，不是出於一人之手，而《紅樓夢》（前八十回）和《紅樓夢》（後四十回）卻無差別，所以是一人所作。

　　梅祖麟（1984）指出，「從語言史的角度去考訂文獻的作期，一般只有新興的語言成分和衰落的語言成分這兩種語言成分可以利用，如果知道某個新興的語言成分在甲年才出現，那麼含有這成分的文獻可以斷定是寫在甲年之後；如果知道某個在衰退過程中的語言成分到乙年完全消失，那麼含有這種成分的文獻可以斷定是寫在乙年之前。但這種方法本身有其侷限性，初露萌芽的和苟延殘喘的語言成分的出現頻率不會太高，能用這兩種成分斷代的文獻數量也有限，而且考訂新興成分出現的準確上限以及衰退成分消失的準確下限也總會碰到種種困難。大多數文獻往往是新舊兩種成分並存兼用，但它們的比例卻因時而異。過去注意新成分的有無，是質的觀念。如果改用比例多少這種量的觀念，再計算各時代新舊成分比例的數據，或許能把可以用來斷代的語言資料的範圍擴大。」梅文提出的在作品斷代中「量的觀念」的問題頗值得注意，為用語言標準給作品斷代提供了新的途徑。梅祖麟《從語言史看幾種元雜劇賓白的寫作時期》（1984）一文，討論了關漢卿《竇娥冤》和《救風塵》中的賓白是否關漢卿本人所作的問題。他以「這的」「那的」和「這」「那」、「便」和「就」、「快」和「疾」「疾快」等、「沒」和「沒有」四組表示語法關係的詞語作為斷代的標準，分析這些詞語在《竇娥冤》和《救風塵》中的數量，從而斷定《竇娥冤》和《救風塵》中的賓白是明代雜劇演員所作。

　　曹廣順也贊同梅祖麟提出的在作品斷代時的「量的觀念」，同時提出在運

用比例統計來斷代時，必須首先找出普遍性好、規律性強、發展線索單純的語言成分來作為斷代標準。《試說「快」和「就」在宋代的使用及有關的斷代問題》（1987）一文就梅祖麟所論又作了進一步的探討，考察了宋元明三代某些語法、詞彙循環變化的現象，指其共同的變化規律是：宋代用或多用，元代不用或少用，明以後又恢復到宋代的情況。所以，《竇娥冤》和《救風塵》兩劇賓白中主語「這」、副詞「就」、形容詞「快」出現頻率較高這一現象，既可以認為是反映了明代語言的特點，因而斷定其賓白是明人所作，也可以認為是保持著宋末的語言特點。

劉堅《大唐三藏取經詩話寫作時代蠡測》（1982b）、李時人《大唐三藏取經詩話成書時代考辨》（1982）二文，從音韻、語法、詞彙三方面對《大唐三藏取經詩話》的寫作年代作了考察，指出《大唐三藏取經詩話》中的用韻、用詞習慣和變文有許多一致的地方，如用「輕盈」來描寫女子體態，用「慚愧」表示「感謝」；「了」字句多為「動＋賓＋了」的句式而沒有「動＋了＋賓」的句式等，從而認為其寫作年代不會遲於晚唐，基本上保存著晚唐五代俗文學作品的原貌。江藍生《八卷本{搜神記）語言的時代》一文亦從詞彙和語法方面考定八卷本《搜神記》為晚唐五代的作品。

（一）《紅樓夢》的語言基礎

20 世紀 80 年代，對《紅樓夢》方言的研究漸趨繁榮，出現了一批有代表性的觀點，如「魯方言」說（張振昌《紅樓夢中的山東方言》）、「吳方言」說（蔣文野《紅樓夢中的吳方言探跡》）、「東北方言」說（圖穆熱《紅樓夢與東北方言》）、「雲南方言」說（群一《從紅樓夢談雲南方音》）、「湘方言」說（鄧牛頓《紅樓夢中的湖南方言考辨》）等。

其中「湘方言」說反響較大，鄧文以《長沙方言詞典》為參照，不僅論證了《紅樓夢》中「湘方言」的存在，並由此得出「作者並不是曹雪芹，而是一位有在湖南長期生活經歷的人士」的結論，進而認為曹雪芹只是「在原始之作的基礎上，對《紅樓夢》進行了全面的藝術加工」而已。鄧文發表後，很多人提出了批評意見，矛盾主要集中在兩點上：一是鄧文以現代漢語的湘方言詞去比對《紅樓夢》寫作時期的詞彙，以今證古的方法是不科學的。蔣紹愚（2005：334）指出，考定了某個語言現象的「今籍」，並不能就等於它的「古籍」；某

個語言現象在今某方言中有，未必在其他方言中就沒有。細察作者所列「湘方言」詞彙，並非僅為湘地所有，有的屬於普通話的詞彙、有的是湘語與其他方言共用的、有的根本不是湘語詞彙。有些詞語在江淮方言的口語中是存在的，不排除在其他方言區也使用的可能，且在《紅樓夢》前後的一些文學作品中也同樣可以找到這些詞條。因此，《紅樓夢》的原始之作是用湘語寫成的和《紅樓夢》的原始作者不是曹雪芹的觀點是證據不足的。上述其他觀點也存在同樣的問題，如圖穆熱認為《紅樓夢》中「大伯子、小叔子、兄弟媳婦」等稱謂詞屬於東北滿族人特有，其實這種稱謂方式明清白話中非常常見，屬於「通語」範疇，現在江淮官話中也很常用；而「茅廁」一詞雲南、湖南、江淮官話中都存在，正是這些各地都存在的詞語使得不同地方的作者給出了不同的結論。

（二）程乙本的「去南方話」傾向

戴不凡（1979）列舉了《紅樓夢》中出現的大量吳語詞彙，認為此書的語言「京白蘇白夾雜」，最早討論了《紅樓夢》中「純粹京語和道地吳語並存」的原因：它的舊稿原是個難改吳儂口音的人寫的（他還能說南京和揚州話）；而改（新）稿則是一位精通北京方言的人的作品。後者是在別人舊稿基礎上改寫的。他的觀點在當時受到很多人的批駁。但之後的盧興基（1980）、周振鶴、游汝傑（1986）、晁繼周（1993）都持相似觀點。俞敏（1992）進一步認為，曹雪芹的方言就是南方方言，高鶚的語言比曹雪芹更像北京話。王世華（1984）的觀點與俞文一致。

較早明確提出《紅樓夢》版本中「去南方話」傾向的是胡文彬。胡文彬（2009）通過對《紅樓夢》早期十幾種抄本的比勘，舉例說明了作者在「批閱十載，增刪五次」的過程中，對《紅樓夢》中的方言進行了漸進式的修改，特別是在「去南話」方面，表現尤為突出。經過反覆的比勘驗證，作者認為，《紅樓夢》早期抄本已經開始了「去南話」的過程。儘管這種「去南話」很不徹底（也不可能徹底），但北方話的增加卻給人們造成了《紅樓夢》「皆地道北京語」的印象。且胡文彬（2009）還指出，《紅樓夢》中的方言呈現出一種鮮明的時代性和強烈的地域色彩。通過比對各種現存版本，發現甲戌、己卯、舒序本「去南方話」較少，庚辰本開始「去南方話」逐漸增多，夢稿本、甲辰本已接近程甲本。程乙本雖然保留了個別的南方話（如揚州話「沒得」等），

但從第 61 回將南方的「澆頭」改為北京的「飄馬兒」例證看，整理者在「去」南方話上也下了一番工夫。

通過對程高本異文的探討，我們可以看出，程乙本愛用的「扔」「念」「商量」「惦記」「碰（見）」都是現在通語中的常用詞，在北方地區尤其通用，而與之對應的「丟」「讀」「商議」「撞（見）」則主要在南方地區使用，可知，甲乙兩本在常用詞使用上有著不同的選擇：程甲本愛用南方詞彙，程乙本好用北方詞彙，同時也可證明在常用詞的發展過程中，存在一個大致的傾向：南方話存古、北方話趨新的特點。

杜春耕（2001）認為，或許程甲、程乙是分別由兩個不同的人主持完成的，例如程偉元、高鶚。他們對把《紅樓夢》整理成一個什麼定本的看法上是有分歧的，兩人各自堅持自己的語言習慣與對文本的理解，同時或基本同時整理出了兩個本子。我們從詞彙的角度也可以印證這一看法。

引用書目

1. 《說文解字》漢・許慎，中華書局影印本，1963 年。

2. 《廣雅疏證》清・王念孫，江蘇古籍出版社影印本，1984 年。

3. 《說文解字注》清・段玉裁，上海古籍出版社影印本，1981 年。

4. 《十三經注疏》，中華書局，1980 年。

5. 《戰國策》，上海古籍出版社，1985 年。

6. 《國語》，上海古籍出版社，1988 年。

7. 《楚辭集注》，上海古籍出版社，1979 年。

8. 《老子》，諸子集成本，上海書店影印本，1986 年。

9. 《論語》，楊伯峻譯注本，中華書局，1980 年。

10. 《孟子》，楊伯峻譯注本，中華書局，1960 年。

11. 《諸子集成》，上海書店影印本，1986 年。

12. 《顏氏家訓》，王利器集解本，上海古籍出版社，1980 年。

13. 《世說新語》，徐震堮校箋本，中華書局，1984 年。

14. 《百喻經》，文學古籍刊行社，1955 年。

15. 《史記》，中華書局，1975 年。

16. 《漢書》，中華書局，1983 年。

17. 《後漢書》，中華書局，1965 年。

18. 《三國志》，中華書局，1959 年。

19. 《魏書》，中華書局，1974 年。

20. 《敦煌變文校注》，黃徵、張湧泉校注，中華書局，1997 年。

21. 《祖堂集校注》，張美蘭校注，商務印書館，2009 年。

22. 《朱子語類》，中華書局，1994 年。

23. 《新校元刊雜劇三十種》，徐沁君校點本，中華書局，1980 年。

24. 《元曲選》，中華書局，1958 年。

25. 《金瓶梅詞話》，文學古籍刊行社，1955 年。

26. 《水滸傳》，人民文學出版社，1975 年。

27. 《遊仙窟》，據劉堅、蔣紹愚主編《近代漢語語法資料彙編》（唐五代卷），商務印書館，1990 年。

28. 《先秦漢魏晉南北朝詩》，中華書局，1983 年。

29. 《全唐詩》，中華書局，1960 年。

30. 《全唐五代詞》，上海古籍出版社，1986 年。

31. 《全宋詞》，中華書局，1965 年。

32. 《全元散曲》，中華書局，1964 年。

33. 《乙卯入國奏請（並別錄）》，據劉堅、蔣紹愚主編《近代漢語語法資料彙編》（宋代卷），商務印書館，1992 年。

34. 《三朝北盟會編（選）》，據劉堅、蔣紹愚主編《近代漢語語法資料彙編》（宋代卷），商務印書館，1992 年。

35. 《張協狀元》，據劉堅、蔣紹愚主編《近代漢語語法資料彙編》（宋代卷），商務印書館，1992 年。

36. 《元朝秘史》，據劉堅、蔣紹愚主編《近代漢語語法資料彙編》（元代卷），商務印書館，1995 年。

37. 《宣和遺事（選）》，據劉堅、蔣紹愚主編《近代漢語語法資料彙編》（元代卷），商務印書館，1995 年。

38. 《西廂記諸宮調》，文學古籍刊行社，1955 年。

39. 《三國演義》，人民文學出版社，1973 年。

40. 《水滸傳》，人民文學出版社，1997 年。

41. 《西遊記》，人民文學出版社，1980 年。

42. 《金瓶梅詞話》，人民文學出版社，2000 年。

43. 「三言二拍」，上海古籍出版社，1996 年。

44. 《鼓掌絕塵》，江蘇古籍出版社，1990 年。

45. 《型世言》，齊魯書社，1995 年。

46. 《醒世姻緣傳》，齊魯書社，1980 年。

47. 《蒲松齡集》，上海古籍出版社，1986 年。

48. 《紅樓夢》，人民文學出版社，1982 年。

49. 《兒女英雄傳》，上海書店，1993 年。

50. 《品花寶鑒》，上海古籍出版社，1994 年。

51. 《老殘遊記》，陳鶴翔校，人民文學出版社，1982 年。

52. 《官場現形記》，天津古籍出版社，2004 年。

53. 《孽海花》，上海古籍出版社，1979 年。

54. 《二十年目睹之怪現狀》，鳳凰出版社，2007 年。

55. 《海上花列傳》，人民文學出版社，1982 年。

56. 《何典》，上海書店，1985 年。

57. 《小額》，劉一之標點本，世界圖書出版公司，2011 年。

58. 《朝鮮時代漢語教科書叢刊（一）》，汪維輝編，中華書局，2005 年。

參考文獻

1. 白利利，「睡覺」類常用詞的歷史演變，陝西師範大學碩士學位論文，2005 年。

2. 鮑金華，「盲」和「瞎」的歷時替換，《語文學刊》第 5 期，2008 年。

3. 曹廣順，《近代漢語助詞》，北京：語文出版社，1995 年。

4. 常榮，漢語「建築」類動詞語義場的歷史演變研究，西北大學碩士學位論文，2011 年。

5. 晁繼周，曹雪芹與高鶚語言的比較，《中國語文》第 3 期，1993 年。

6. 晁瑞，《醒世姻緣傳》方言詞研究，南京師範大學博士學位論文，2006 年。

7. 陳江，明代中後期的江南社會與江南生活，華東師範大學博士學位論文，2003 年。

8. 陳莉，《訓世評話》詞彙研究，南京大學碩士論文，2006 年。

9. 陳平原，《二十世紀中國小說史》（第一卷），北京：北京大學出版社，1989 年。

10. 陳秀蘭，敦煌變文與漢語常用詞演變研究，《古漢語研究》第 3 期，2001 年。

11. 崔宰榮，漢語「吃喝」語義場的歷史演變，《語言學論叢》第 24 輯，北京：商務印書館，2001 年。

12. 戴不凡，揭開〈紅樓夢〉作者之謎，《北方論叢》第 1 期，1979 年。

13. 代珍，漢語「人喪失生命（死亡）」類動詞語義場歷史演變研究，內蒙古大學碩士學位論文，2011 年。

14. 鄧牛頓，紅樓夢中的湖南方言考辨，《上海大學學報》（社會科學版）第 52003 年。

15. 丁喜霞，「橋」「梁」的興替過程及原因，《語言教學與研究》第 1 期，2005 年。

16. 丁喜霞，中古常用並列雙音詞的成詞和演變研究〔M〕，北京：語文出版社，2006 年。

17. 董志翹，再論「進」對「入」的歷時替換，《中國語文》第 2 期，1998 年。

18. 董志翹，中古漢語中的「快」及與其相關的詞語，《古漢語研究》第 1 期，2003 年。

19. 杜春耕，程甲、程乙及其異本考證，《紅樓夢學刊》第 4 期，2001 年。

20. 杜翔，支謙譯經動作語義場及其研究，北京大學博士學位論文，2002 年。

21. 段煉，中古佛經「給予」語義場初探，浙江大學碩士學位論文，2005 年。

22. 方云云，近代漢語「脖子語義場」主導詞的歷時演變，《安徽農業大學學報》第 1 期，2010 年。

23. 高龍，漢語「切割」類動詞語義場的歷史演變研究，內蒙古大學碩士學位論文，2008 年。

24. 葛劍雄、曹樹基，《中國移民史》（第五卷），福州：福建人民出版社，1997 年。

25. 洪成玉，抱、拋、炮，《語文建設》第 12 期，1995 年。

26. 胡海瓊，「牢」「欄」「圈」的歷時演變，《語言研究》第 3 期，2006 年。

27. 胡文彬，《紅樓夢》的方言構成及其演變，《遼東學院學報》第 2 期，2009 年。

28. 黃徵、張湧泉，《敦煌變文校注》，北京：中華書局，1997 年。

29. 江藍生，概數詞「來」的歷史發展，《中國語文》第 2 期，1984 年。

30. 蔣禮鴻，《敦煌變文字義通釋》，上海：上海古籍出版社，1997 年。

31. 蔣紹愚，《古漢語詞彙綱要》，北京：商務印書館，1989 年。

32. 蔣紹愚，白居易詩中與口有關的動詞，《語言研究》第 1 期，1993 年。

33. 蔣紹愚，《近代漢語研究概況》，北京：北京大學出版社，1994 年。

34. 蔣紹愚，漢語詞義和詞彙系統的歷史演變初探——以「投」為例，《北京大學學報》（哲學社會科學版）第 4 期，2006 年。

35. 蔣紹愚，詞義演變三例，《漢語詞彙語法史論文續集》，北京：商務印書館，2012 年。

36. 蔣文野，紅樓夢中的吳方言探跡，《江蘇大學學報》第 4 期，1983 年。

37. 焦毓梅，《十誦律》常用動作語義場詞彙研究，四川大學博士學位論文，2007 年。

38. 金石，「穿戴」語義場與語言的民族特點，《漢語學習》第 5 期，1995 年。

39. 李來興，宋元話本動詞語法研究，復旦大學博士學位論文，2010 年。

40. 李倩，敦煌變文單音動詞詞義演變研究，四川大學博士學位論文，2006 年。

41. 李榮，《現代漢語方言大詞典》，南京：江蘇教育出版社，2002 年。

42. 李如龍，論漢語方言特徵詞，《中國語言學報》第 10 期，2000 年。

43. 李潤，論實詞虛化與句法結構的關係——從「見」字的演變說起，《四川師範學院學報》（哲學社會科學版）第 4 期，1995 年。

44. 李煒，清中葉以來使役「給」的歷時考察與分析，《中山大學學報》（社科版）第 3 期，2002 年。

45. 李霞，《金瓶梅詞話》動詞研究，復旦大學博士學位論文，2007 年。

46. 李云云，漢語下肢語義場的歷史演變，《綿陽師範學院學報》第 1 期，2004 年。

47. 李宗江，《漢語常用詞演變研究》，上海：漢語大詞典出版社，1999 年。

48. 栗學英，漢語史中「肥」「胖」的歷時替換，《語言研究》第 4 期，2006 年。

49. 劉恩萍，漢語「行進」類動詞語義場的歷史演變研究，內蒙古大學碩士學位論文，2009 年。

50. 劉紅妮，「店」對「肆」的歷時替換，《南陽師範學院學報》第 5 期，2008 年。

51. 劉鈞傑，《紅樓夢》前八十回和後四十回語言差異考察，《語言研究》第 1 期，1986 年。

52. 劉俐李、王洪鐘、柏瑩，《現代漢語方言核心詞特徵詞集》，南京：鳳凰出版社，2007 年。

53. 劉曼，從異文對勘看〈語言自邇集·談論篇〉的用詞特點，待刊稿。

54. 劉雲，《紅樓夢》心理詞語研究，西南大學碩士學位論文，2011 年。

55. 龍丹，魏晉「牙齒」語義場及其歷時演變，《語言研究》第 4 期，2007 年。

56. 龍丹，魏晉「羽毛」語義場探微《郧陽師範高等專科學校學報》第 1 期，2008 年。

57. 龍慧，敦煌變文心理動詞研究，西南大學碩士學位論文，2007 年。

58. 盧興基，紅樓夢南方話考辨，《紅樓夢研究集刊》第 3 輯，上海：上海古籍出版社，1980 年。

59. 魯川，《動詞大詞典》，北京：中國物資出版社，1994 年。

60. 魯國堯，明代官話及其基礎方言問題——讀《利瑪竇中國箚記》，《南京大學學報》第 4 期，1985 年。

61. 魯國堯，研究明末清初官話基礎方言的廿三年歷程——「從字縫裏看」到「從字面上看」，《語言科學》第 2 期，2007 年。

62. 陸澹安，《小說詞語匯釋》，上海：上海錦繡文章出版社，2009 年。

63. 呂傳峰，「嘴」的詞義演變及其與「口」的歷時更替，《語言研究》第 1 期，2006 年。

64. 呂東蘭，從《史記》《金瓶梅》等看漢語「觀看」語義場的歷史演變，《語言學論叢》第 21 輯，北京：商務印書館，1998 年。

65. 呂海霞，漢語「適往詞」的歷時演變研究，蘇州大學碩士學位論文，2008 年。

66. 呂文平，漢語「買賣」類動詞語義場的歷史演變研究，內蒙古大學碩士學位論文，2007 年。

67. 牟發松，漢代「三老」:「非吏而得與吏比」的地方社會領袖，《文史哲》第 6 期，2006 年。

68. 潘建國，方言與古代白話小說，《北京大學學報》(哲學社會科學版)第 2 期，2008 年。

69. 彭煜文、史星，膠南移民考，《膠南年鑒》深圳：香江出版有限公司，2004 年。

70. 群一，從紅樓夢談雲南方音，《昆明師範高等專科學校學報》第 3 期，1988 年。

71. 史光輝，常用詞「焚、燔、燒」歷時替換考，《古漢語研究》第 1 期，2004 年。

72. 唐作藩，第三人稱「他」的起源時代，《語言學論叢》第 6 輯，北京：商務印書館，1980 年。

73. 圖穆熱，《紅樓夢》與東北方言，《社會科學戰線》第 1 期，2000 年。

74. 汪維輝，常用詞歷時更替箚記，《語言研究》第 2 期，1998 年。

75. 汪維輝，東漢—隋常用詞演變研究，南京：南京大學出版社，2002 年。

76. 汪維輝，漢語「說」類詞的歷史演變與共時分布，《中國語文》第 4 期，2003 年。

77. 汪維輝，《老乞大》諸版本所反映的基本詞歷時更替，《中國語文》第 6 期，2005 年。

78. 汪維輝，漢語詞彙史新探，上海：上海人民出版社，2007 年。

79. 汪維輝，漢語「站立」義詞的現狀與歷史，《中國語文》第 4 期，2010 年。

80. 王東，「隅／角」歷時替換小考，《延安大學學報》（社會科學版）第 4 期，2005 年。

81. 王楓，「言語」類動詞語義場的歷史演變，北京大學碩士學位論文，2004 年。

82. 王鳳陽，《古辭辨》長春：吉林文史出版社，1993 年。

83. 王繼如，談「商量」詞義的時代性，《中國語文》第 2 期，2008 年。

84. 王力，《漢語史稿》北京：中華書局，1958 年。

85. 王青、薛遴，論「吃」對「食」的歷時替換，《揚州大學學報》第 5 期，2005 年。

86. 王世華，《紅樓夢》語言的地方色彩，《紅樓夢學刊》第 2 期，1984 年。

87. 王彤偉，常用詞焚、燒的歷史替代，《重慶師範大學學報》（哲學社會科學版）第 5 期，2005 年。

88. 王洋，漢語「烹煮」語義場的歷史研究，西北大學碩士學位論文，2007 年。

89. 魏達純，「饑」「餓」之窮盡調查與對比研究，《漢語史研究集刊》第五輯，成都：巴蜀書社，2002 年。

90. 夏鳳梅，對《老乞大》四種版本詞彙的比較研究，浙江大學博士學位論文，2004 年。

91. 蕭紅，動詞補語「見」「到」的現實差異及其歷史發展，《泰山學院學報》第 1 期，2011 年。

92. 解海江、張志毅，漢語面部語義場的歷史演變，《古漢語研究》第 4 期，1993 年。

93. 徐時儀，乳、湩與奶及棄、丟與扔的興替考《南京師範大學文學院學報》第 4 期，2007 年。

94. 玄玥，「見」不是虛化結果補語──談詞義演變與語法化的區別，《世界漢語教學》第 1 期，2010 年。

95. 閆春慧，漢語「洗滌」類動詞語義場的歷史演變，內蒙古大學碩士學位論文，2006 年。

96. 閆從發，「商量」的意義演變，《西北大學學報》第 6 期，2008 年。

97. 岩田禮，《漢語方言解釋地圖》東京：白帝社，2009 年。

98. 楊琴，「責怪」類動詞的歷時演變研究，湖南師範大學碩士學位論文，2010 年。

99. 楊榮賢，漢語中「投擲」義與「拋棄」義的異同及其區分，《安徽師範大學學報》第 4 期，2010 年。

100. 于飛，兩漢常用詞研究，吉林大學博士學位論文，2008 年。

101. 于平，淺論「紅樓夢語言」形成的社會文化因素，《南京師範大學學報》（社會科學版）第 6 期，1999 年。

102. 俞敏，高鶚的語言比曹雪芹更像北京話，《中國語文》第 4 期，1992 年。

103. 俞平伯，《紅樓夢》辨，長沙：嶽麓書社，2010 年。

104. 張荊萍，「出售」語義場的演變初探，《吉林省教育學院學報》第 3 期，2008 年。

105. 張黎，漢語「燃燒類」動詞語義場的歷史演變研究，四川外語學院碩士學位論文，2010 年。

106. 張美蘭，清末漢語介詞在南北方官話中的區別特徵——以九江書局改寫版《官話指南》為例繼往開來的語言學發展之路，北京：語文出版社，2008 年。

107. 張美蘭，清末域外漢語官話資料中的同義詞及其地域分布，《漢語史學報》（第十輯），上海：上海教育出版社，2010 年。

108. 張美蘭，《明清域外漢語官話資料語言研究》，東北師範大學出版社，2011 年。

109. 張全真，《白姓官話》所記錄的南京方言及山東方言發微，《長江學術》第 2 期，2009 年。

110. 張生漢、劉永華，《紅樓夢》《歧路燈》和《儒林外史》的方言詞語比較研究，《新鄉師範高等專科學校學報》第 1 期，2004 年。

111. 張延俊，《紅樓夢》「叫」字被動式來源研究，《古漢語研究》第 2 期，2009 年。

112. 張雁，近代漢語雙音複合詞研究，北京大學博士學位論文，2004 年。

113. 張永言、汪維輝，關於漢語詞彙史研究的一點思考，《中國語文》第 6 期，1995 年。

114. 張振昌，《紅樓夢》中的山東方言，《長春大學學報》第 8 期，2002 年。

115. 鄭慶山，從方言看程高本後四十回作者，《蒲峪學刊》第 1 期，1993 年。

116. 鄭慶山，《紅樓夢》的版本及其校勘，北京：北京圖書館出版社，2002 年。

117. 周理軍，東漢——隋幾組常用詞演變研究，蘇州大學碩士學位論文，2007 年。

118. 周振鶴、游汝傑，《方言與中國文化》，上海：上海人民出版社，1986 年。

119. 朱芳毅，《說文解字》心理動詞語義網絡研究，廣西師範大學碩士學位論文，2008 年。

120. 朱瑩瑩，手部動作常用詞的語義場研究，四川大學碩士學位 2007 年。

附錄　程高本《紅樓夢》異文
（前八十回）

　　下文我們按詞類將所得異文列出，每類下再按意義分小類，因後四十回的異文很少，故若無特別說明，異文都見於前八十回。每一組詞均以程甲本在前，程乙本在後，中間用「／」隔開。由於本文考察重點對象為名詞和動詞，故我們在名詞和動詞每條異文後加括號列出了異文出現的次數（若無括號指異文出現次數為1），必要時舉一兩例。其他詞類異文暫不作考察，僅列於此供參考。

（一）名　詞

分類	具體分類	異　文　及　例　句
時間 名詞	日—兒（51）	前日／前兒（10）： 　多謝費心。前日／兒我因為好吃吃多了。（第19回） 昨日／昨兒（8）： 　找了半日，也沒見昨日／兒太太說的那個。（第3回） 今日／今兒（24）： 　寶玉因道：「大哥哥今日／兒不在家麼？」（第7回） 明日／明兒（9）：我也乏了，明日／兒再撕罷。（第31回）
	日—天（16）	日／天（16）： 　有一日／天老太太高興又盡著他。（第8回） 　鳳姐兒想了半日／天，笑道：「你們別笑話我。」（第50回）

	其他	晚間／晚上（7）： 邢夫人無計，吃了飯回家，晚間／晚上告訴了賈赦。（第46回） 中晌／晌午（1）： 奶奶今日中晌／晌午尚未洗臉。（第75回） 一回／會子（4）： 彩明翻了一回／會子念道：……（第42回） 多早晚／多晚：多早晚／多晚給人看來呢。（第64回） 過日／過些日子： 等過日／過些日子收拾清了，找出來大家再看就是了。（第52回）
方位名詞	內—裏（24）	見周瑞家的來了便知有話來回因向內／裏努嘴兒。（第7回） 後面兩個小丫頭知是小解，忙先出去茶房內／裏預備水去了。（第54回）
	中—裏（28）	鳳姐兒答應了，回至屋中／裏，便命周瑞家的去告訴襲人原故。（第51回） 賈璉接在手裏，都倒了出來，揀了半塊吃剩下的撂在口中／裏吃了。（第64回）
	間—上、裏、裏頭	間／上（7）： 寶玉只答應著，也無心在飲食間／上。（第7回） 那年紀大些的，知寶玉這一來了，必是晚間／上才散。（第19回） 間／裏（1）：自己氣得夜間／裏在被內暗哭了一夜。（第62回） 間／裏頭（1）： 大約一年間／裏頭兩個有一次在一處他還要嘴裏掯十來個過兒呢。（第65回） 間／0： 他說午間／晌午要到池子裏去洗澡。（第36回） 展眼間／展眼已是夏末秋初。（第70回）
	裏—裏頭（3） 裏面—裏頭（6） 外面—外頭（1）	你往東小院子／兒裏／裏頭拿環哥和彩雲去。（第30回） 這包兒裏／裏頭是你前兒說的藥。（第42回） 我們裏面／頭也該得他來整治整治。（第14回） 二則，外面／頭的人多氣味難聞。（第68回）
稱謂名詞	—	姨娘／姨媽（1）： 寶玉來至梨香院中，先進薛姨娘／姨媽屋裏來。（第8回） 小的／奴才（3）： 二爺打發小的／奴才來報個信／信兒。（第14回） 其他： 嬤嬤／嬤娘（12）；嬤母／嬤娘（2）；嬤／嬤子；王興媳婦／家的；李公子／少爺；荷內／少爺；秦相公／哥兒家（2）；相公／先生。

其他 名詞	房屋	房―屋（34） 房 / 屋子（3）： 　就有幾個丫頭來會他去打掃房子地面，提洗面水。 　就有幾個丫頭來會他去打掃屋子地面，舀洗臉水。（第 19回） 房 / 屋裏（17）： 　記掛 / 惦記著房 / 屋裏無 / 沒人，所以跑了 / 才跑來著。 　（第 44 回） 其他： 　上房 / 屋；下房 / 屋；後房 / 屋門；房 / 屋內；房內 / 屋裏； 　房中 / 屋裏；房屋 / 房；房舍 / 房子；房室 / 房屋；下房 / 　屋子
	門窗	窗子 / 窗戶；窗子 / 紙窗；窗 / 窗戶跟下；臨窗 / 窗戶
	口嘴	口 / 嘴裏（口頭 / 嘴裏）；打嘴 / 嘴巴；嘴臉 / 臉子；嘴臉 / 眼
	兄弟姐妹	兄弟 / 弟兄；兄弟 / 哥哥；弟兄 / 姐妹；姊妹 / 姐妹（姊 / 姐妹花）；姊妹 / 妹妹；姊妹 / 姐妹們；姊妹（們）/ 姐兒（們）
	服飾	衣服 / 衣裳；穿衣 / 衣服；解衣 / 裙子；夾褲 / 袴；穿紅裙子 / 襖兒；背心 / 坎肩兒
	身體部位	頭 / 腦袋；洗面 / 臉水（面 / 臉上）；頓足 / 腳；歇足 / 腳； （跌足 / 腳）；腳 / 步
	生活用品	手帕 / 絹子；帕子 / 絹子；手帕子 / 絹子；物 / 東西；何物 / 事；行李使 / 什物；點心 / 小餑餑（點心 / 餑餑）；銀子 / 銀 錢（錢 / 銀子）；硯磚 / 臺；扣鈕 / 紐子；擔子 / 撢子
	其他	田 / 莊上；鋪床 / 炕；太醫 / 大夫；武藝 / 本事；男子 / 男人； 甬道 / 路；靈 / 陰靈；心腸 / 心；帳目 / 賬；膽 / 膽量；膽 / 膽子；端的 / 後事如何；端的 / 端底；官員 / 同寅（官員 / 官）； 小姐 / 姑娘；老孃孃 / 道婆；婆子 / 老婆（眾婆娘 / 婆子；婆 子 / 老婆子；婆子 / 女人們）；底下老婆 / 老婆子（老婆 / 婆 子的樣兒）；夫妻 / 兩口兒；怨語 / 言；流年 / 流水帳；泥腿 市俗 / 光棍；弄左性 / 性子；性子 / 脾氣等

（二）動　詞

動詞 分類	小 類	具體 分類	異　文　及　例　句
動作 動詞	叫 喚	「喊叫」	叫 / 嚷： 　那智慧百般掙挫不起又不好叫 / 那智慧兒百般的扎掙不起 　來又不好嚷。（第 15 回） 　叫喊 / 嚷：你倒不依咱們就叫喊起來 / 你倒不依咱們就嚷出 　來。（第 15 回）

		呼 / 叫： 眾人都呼他作多姑娘兒 / 眾人都叫他多姑娘兒。（第 21 回）
	「命名」	喚 / 叫（6）： 　只得喚 / 叫起兩個丫頭來一同 / 同著寶釵出怡紅院。　（第 36 回） 喚 / 叫做：小名喚 / 叫做可兒。（第 8 回） 叫作 / 叫做：所以他的名字就叫作 / 叫做萬兒。（第 19 回）
	「召請」	請 / 叫：命人請 / 叫了邢夫人。（第 57 回）
	「使役」	命 / 令：因命人好生看待著 / 又令人好生招呼著。（第 8 回） 令 / 命（2）：忙令 / 命人盛殮送往城外埋葬。（第 67 回） 令 / 叫（6）：使眼色不令 / 叫他發簽。（第 4 回） 讓 / 叫（2）：只管讓他告去 / 只管叫他告。（第 44 回） 命 / 叫（9）：紙筆現成拿來命 / 叫賈瑞寫。（第 12 回） 使 / 叫（4）： 　一面悄推寶玉使他賭賭氣 / 一面悄悄的推寶玉叫他賭賭氣。（第 8 回） 教 / 叫（10）：教 / 叫我說了他兩句。（第 16 回） 著 / 叫（2）：著 / 叫彩明來念。（第 42 回） 打發 / 叫： 　你打發個人往那邊你婆婆處問問 / 你叫個人往你婆婆那裡問問。（第 12 回） 經 / 叫： 　經 / 叫我查出 / 出來三四輩子的老臉就顧不成了。（第 14 回） 叫 / 放（2）：就開恩叫 / 放我去呢。（第 19 回） 要 / 叫（5）：還要 / 叫我操心。（第 43 回） 招 / 叫：縱容他生事招 / 叫人。（第 47 回） 與 / 叫（2）：不敢與 / 叫邢夫人知道。（第 57 回） 讓 / 等（7）：讓 / 等我自己倒罷了。（第 26 回） 給 / 讓：正經給 / 讓他們茶房裏煎去 / 去罷咧。（第 51 回） 使 / 給：不使 / 給鳳姐知道。（第 64 回）
攜帶		攜 / 拉著（3）：伸手攜 / 拉著晴雯（第 8 回）； 攜 / 領（1）：遂攜 / 領著板兒繞到後門上（第 6 回）； 引 / 帶（2）：叫我引 / 帶了來（第 19 回）； 攜 / 攢：便探身一把攜 / 攢了這孩子的手（第 7 回）； 攜 / 帶：遂攜 / 帶了王夫人黛玉寶玉等過去看戲（第 8 回）； 帶 / 陪： 　說著一面帶 / 陪他們到那邊屋裏坐了 / 坐著（第 34 回）； 與 / 帶著：賈政與 / 帶著寶玉一齊謝過（第 15 回）

丟棄	丟／扔（8）：丟／扔下這個別提了。（第 35 回）
	棄／扔：便棄了／扔下咱們自己賞月去了。（第 76 回）
	丟／撂（13）：從今咱們兩個丟／撂開手。（第 21 回）
	擲／扔（4）：從袖裏擲／扔出一個香袋來。（第 74 回）
	搋／扔（3）：終是身小力薄卻搋／扔不到。（第 9 回）
	擲／摔（2）：說著將帖子擲下／摔下來。（第 14 回）
	擲／放：
	晴雯聽說，便擲下針黹道：「這話倒是，等我取去。」
	晴雯聽說，便放下針線道：「這是等我取去呢。」（第 37 回）
	撩／撂：撩／撂與晴雯。（第 34 回）
堆放	磊／放：又見書架上磊／放著滿滿的書。（第 40 回）
	磊／堆：案上磊／堆著各種名人法帖。（第 40 回）
言語	道／說（2）：你道／說使得麼？（第 41 回）
	道／說道：心裏自己盤算道／說道：……（第 35 回）
	謂／說：人謂黛玉所不及／人人都說黛玉所不及。（第 5 回）
	云／道：有四句寫云／有四句寫著道（第 5 回）
	云／說（2）：古人云／說（第 17 回）
	言／說（2）：言及此句／說到這句（第 22 回）
	問／道：寶玉因問／道大哥哥今日不在家麼（第 7 回）
	談／說話：
	因令坐了好談／因賞他坐了說話。（第 4 回）
	商議／商量（9）：
	我今兒聽見媽和哥哥商議／商量（第 19 回）
	議細話／細商量：
	明日一早我給大爺請安去，再議細話／細商量。（第 16 回）
	議論／商議：
	他姊妹／姐妹姑嫂三人正議論／商議些家務。（第 56 回）
	勸解／囑咐：
	又勸解／囑咐了他的兄弟幾句。（第 10 回）
	和勸和勸／和息和息（1）：
	替你們和勸和勸／和息和息。（第 31 回）
	囑／囑咐（2）：
	一面忙進來囑／囑咐寶玉道：……（第 7 回）
	編／編派：編／編派我呢（第 19 回）
	笑／笑話：叫別人笑／笑話（第 21 回）
	告／告訴：不好意思告／告訴人（第 74 回）
誦讀	讀／念（6）
給與	與／給（171）：
	尤老娘與／給了二十兩銀子，兩家退親。（第 64 回）
	抓些菓子與／給茗煙。（第 19 回）

站臥	立／站（2）： 　　那丫頭正倚門立／站著，便說了「門」字。（第37回） 睡／躺（2）： 　　老太太也被／叫風吹病了，睡／躺著嚷著不舒服。（第42回） 倒／躺（5）： 　　黛玉也倒／躺下，用手帕／絹子蓋上臉。（第19回） 臥／躺：回頭見喜兒直挺挺的仰臥／躺在炕上。（第65回）
吃喝	吃／喝（52）： 　　得了半碗水給主子吃／喝。（第7回） 　　我倒不曾和你哥哥吃／喝過。（第64回） 身＋光／喝： 　　若／要再和他們一處（身光）／喝，妹妹聽見了，只管啐我。 　　（第35回） 服／吃：怎麼服／吃？（第31回）
跟隨	隨／跟（3）請寶叔隨／跟我這裡來。（第5回） 同／跟著： 　　原／還是那邊我還同／跟著老太太吃了來的。（第15回） 守／跟著：你好歹守／跟著我。（第48回）
視聽	看／聽（5）： 　　你只管看／聽你的戲去／罷。（第29回） 　　要知端的／底且看／聽下回分解。（第35回） 看／瞧（6）： 　　我使／叫人看／瞧不出／出來。（第19回） 　　這個孩子扮上活像一個人，你們再看／瞧不出。（第22回） 瞧／瞧看： 　　寶釵見香菱哭的眼睛腫了，問起原故忙來瞧／瞧看。（第47回） 看／瞧瞧：你看／瞧瞧。（第36回） 瞟／看：拿眼瞟著／看二姐兒。（第64回） 撞見／看見 聞得／見（2）： 　　我聞得／見寶兒說老太太心上／裏不大爽。（第50回） 　　視／看；瞧／瞧瞧；撞／碰見（2）；聽／聽見；聞／聽見； 　　聽／應了；聞得／聽見；聽得／見；知道／聽見
打破	破／砸了盤子：再破／砸了盤子（第31回） 打／砸（2）：你愛打／砸就打／砸。（第31回）
尋找	尋／找（2）：上京來尋／找門路。（第15回）
按揭	撤／按倒：發狠撤／按倒打了三四十板。（第12回） 揭／打開：拿起一本冊來揭／打開。（第5回）

	洗滌	滌／洗： 　寶叔果然度小侄或可磨墨滌硯，何不速速的作成？（第 7 回）
	索要	索／要：常常來索／要銀子 尋／要：我尋／要一點兒。（第 52 回）
	養育	生／養：不知他是幾時生／養的。（第 42 回） 生／長（4）： 　看見一位／位小姐，生／長的倒也好個模樣兒。（第 29 回）
	玩耍	戲／頑耍；頑／樂；頑／逛逛；頑笑／耍；頑笑／親近；說笑／鬼混；廝鬧／鬼混
	刮擦	刮／擅（2）：這又是誰的指甲刮／擅破了？（第 19 回） 揩拭／擦（2）： 　說著便找手帕子／絹子要揩拭／擦。（第 19 回）
	使用	用／使
	搶奪	奪／搶： 　賈璉一見，連忙搶上來要奪／連忙上來要搶。（第 21 回）
	進入	入／進：先入／進薛姨娘／媽屋中／裏來。（第 8 回）
	迎接	接／迎：妙玉忙接了／相迎進去。（第 41 回）
	管教	管著／照管：青板姊弟兩個無人管著／照管。（第 6 回） 掌著／管理家務：家中無人掌著／管理家務。（第 16 回） 照管／管家務；管／顧
	忘記	忘記／忘：竟忘記／忘了老祖宗。（第 3 回）忘／放不下
	嚇唬	鎮嚇／鎮唬
	沖泡	泡茶／沏茶
	其他	推／拉；抓／拉；無／沒；終／完；拏／拿；鉸／剪；迴避／躲；戮／害；疼痛難禁／受；遍體／身；趕著／趕；嗽／咳嗽；安息／歇；少有／少；兜攬／攬；合／會同；排場／排揎；不比／比不得；收什／拾；服／伏侍；打／弔祭；跪下／打千兒；當／擔得起；擔／揮；攀／作親；也不答／答言；折挫／挫磨（磨折／挫磨）；圖／動不得；敬服／奉；付與／遞給；耽擱／挨磨等
存現動詞		為／是；係／是；有／是；有／算；成／是
心理動詞		思／想；念／想；戰剟／想；念／念誦；記罣／惦記；記著／惦記；應候／惦記伺候；喜／愛；愛慕／愛；喜／喜歡；棄厭／嫌去；覺得／覺；覺得／覺著；覺／覺得；知／知道；道／打諒（當／打諒；當／打量）；得知／曉得（得知／知道）；曉得／知道；知道／打諒；當／當作；恐／怕；恐／恐怕；畏／怕；畏懼／怕；怒／惱；饒恕／擔待
情態動詞		欲／要；想／要；意欲／要；料／想得；欲待／待要；待要／要；必／必要 可／可以；不可／許；不要／用；不要／必；不會／能；不得／能

（三）形容詞

	異　文
形容詞	疏／遠；足／夠；冷／涼；不快／爽；不勻／公；太薔／過；相厚／好。
	直率／直；寒冷／冷；精緻／精；整齊／俊；寂寞／悶得慌；不自在／好；奇怪／奇；合算／合；平常／常有的事
	公／公道；妥／妥當；奇／奇怪；好／便宜
	喜悅／喜歡；歡喜／喜歡；不自在／喜歡；受用／舒服；可聽／好聽；輕省／輕鬆；開心／鬆泛；鬆散／鬆泛；面善／眼熟；左強／拐孤；平靜／平和；燥屎／落空；你倒賭狠／利害
	因悄／悄悄的罵鳳姐；細看著／細細的看；苦告／苦苦哀求央及他不用告訴；白淨／白白淨淨

（四）代　詞

代詞分類	代詞小類	異　文
人稱代詞	—	乃／他；彼／他；彼／其；你／你們；你兩個／們；我／我們（不早回我們／我）；我們／咱們；咱／咱們兩個；自／自己；自家／自己；各人／自己；他們／他；別個／人；別個／的姊妹
指示代詞	這	此／這；此處／這裡；這／這個；如今／這會子；如此／這樣；如此／這麼著；如此／這麼說；這樣／這麼說（這樣／這麼大）；這樣／這些想頭；這樣的／些；這些／這些個；這樣／這麼樣；這麼樣／這麼；這等／麼說；這樣／這麼著；經不起這／這麼吵；這／這些話；這麼／個年紀；這等／樣；這麼樣／著；這樣兒／這麼著；趁這個／個機會
	那	如此／那麼著；那／那麼兩句；那樣／那麼；冷的那樣／了不得；那裡／那邊；那／那裡去了；那廂／裏；那種／那絳紋石的戒指兒；不像先／那麼待我了；搖頭道／道那使不得；就如倦鳥／那倦鳥；越發／那越發；卻／那自然是他拿了去
	其他	這／那裡；便往那／這裡來；就那樣／這樣病起來；打成絡子這／那才好看；賈母在艙內道：「這／那不是頑的」 聽了只／這些； 怕人偷了去卻／這麼帶在身上
疑問代詞	怎	何如／如何；如何／怎麼；怎／怎麼；怎樣／怎麼；怎麼／怎麼樣；怎麼樣／怎樣；怎麼樣／怎麼著；怎麼樣／怎麼；怎樣／怎麼著；怎處／怎麼著；怎麼去／怎麼著；怎生／怎樣；怎的／麼；那／怎
	什麼	何／為什麼；何／什麼；甚麼／什麼；何故／為什麼；何用／作什麼；為何／什麼；如何／那裡；何等／什麼；何必／何不疎散疎散筋骨幹是／也好。
	那	豈／那：不然豈教嬷娘又添上虧空的／那有叫嬷娘又添上虧空的理？ 豈／哪；豈不敞亮／不敞亮嗎；豈不／就乾淨了；豈不／不省力；那裡曉得／不知道；如何／那裡經得起

（五）副　詞

副詞分類	副詞小類	異　文　及　例　句
表時間	一	原／本；則／便；便／就；便／也；方／才；竟／就；才／就；剛／正；已／早；在／正在；正／正自；就／就要；原／原是；已／已經；早已／已；展眼／轉眼 未曾／未從：你未曾／未從揭挑我們，你想想你那老子娘在那邊管家爺們跟前比我們還更會溜呢。（第71回） 歷來／從來；方才／剛才；方／方才；方才／才；才將／將才；方／正要；乃／因問；因／便問；立刻／還要；主意一／已定； 落後／後起間：好容易養到十七八歲上死了，……落後／後起間果然又養了一個。（第39回）
表程度	一	太／甚；甚／大好；<u>愈</u>／甚覺煩悶；未甚／沒很； 忙的<u>緊</u>／<u>很</u>：大奶奶倒忙的緊／很。（第40回） 大有似乎／狠似；也無甚大關係／沒大關係；<u>好不</u>／<u>甚是</u>焦心；<u>不大</u>／<u>不</u>理我；<u>只</u>／<u>最</u>難得；我失措<u>並</u>／好歹沒弄醃臢了床；他倒喜歡得狠／狠喜歡；<u>越發</u>／怎麼敬出這些親戚來了
表範圍		多／都；都／齊；只／只是；<u>只</u>／<u>總</u>不理；只是／只要；俱／都；卻／都 是；方／只得；但／就只；<u>就</u>／<u>就只</u>不記得交給誰了；只／就；但凡知禮<u>只該</u>／<u>該</u>在外頭
表頻率	一	亦／也；亦／又；<u>又</u>／<u>自</u>作些生計；復／又；再／還有；正／又；又／遂；也／又；<u>仍</u>／<u>還</u>叫奴才拿回去；你素日<u>肯</u>／<u>常</u>勸我多一事不如省一事；他常<u>肯</u>和／<u>和</u>這些丫頭鬼鬼祟祟
表判斷	確認	固／自是；自／自是；乃／乃是；自／自然是；便／就是；原／還是
	否認	休／別（4）：有茶沒茶休／別問我。（第27回） 不要／別（20）： 　　可<u>不要</u>／<u>別</u>熱著。（第36回）<u>不要</u>／<u>別</u>在這裡燒。（第58回） 不可／別（3）： 　　教他<u>不可</u>／<u>別</u>告訴人。（第19回） 不曾／沒有；不曾／沒；未／沒見；不／沒聽見；無／不；<u>絕不</u>／<u>不</u>知道；<u>再</u>／<u>料</u>不能勸；這個<u>斷</u>／我可不依；<u>斷乎</u>／這再不是楊木；你<u>千萬</u>／<u>可別</u>多心；沒有／沒；<u>沒</u>／<u>沒</u>得來請奶奶的安；沒／沒有
表情態	一	一齊／一起；都／都一齊哈哈大笑起來；一同／一併；一徑／徑同鶯兒出了蘅蕪苑；罕／忙問道；親／親自；<u>立意</u>／<u>誠心</u>要撐他；執意／一定；<u>極口</u>／<u>忙</u>勸道；六個人忙／連應了幾個是；<u>忙忙</u>／<u>趕忙</u>的吃了飯；便／趕忙的進城；忙的／趕忙出來；慌忙的／趕忙上來；<u>抬身</u>／<u>趕忙</u>就走；我連忙／才就把年例給了他們去了；便／連忙推他；小鵲笑向／<u>連忙</u>向寶玉道；就趕／趕著回來的／回來；我叫人替你們／趕著買去就是了；只管如此／儘著這麼吵鬧；此時更恰／恰好也還罷了；<u>緩緩的</u>／<u>慢慢的</u>；<u>出去了</u>／<u>慢慢的出去了</u>

表語氣	一	卻： 卻／倒（這三丫頭卻／倒好）；卻／可；乃／卻；一心捻／卻為金釧兒感傷；卻／早知道；卻怕賈母／只因怕賈母；並不／卻也不很覺疼痛；忙／卻又咽住；便／卻撞到板壁上；只是／要說時卻不能說得；只見／卻是賈母；我是喜／卻愛這芭蕉的； 就： 像／就像是寶兄弟； 可： 都／可不知叫什麼；可有／有什麼惱的；這已經攔住如何走出去呢／這可如何出去呢；可／還許你從此不理我； 倒： 反／倒；倒／就；倒／又；倒／活脫兒；你倒／要勸他；黛玉倒／還不怎麼著；你倒說說／你說說（平姑娘沒／倒沒在跟前）；反／反倒連你們的都攪糊塗了；反／方不好意思；竟也／倒得十分消閒；這會子上船吃酒倒／才好；倒細細的看看好不好／細細的看看；已經／倒；菊花有知也必／倒還怕膩煩； 也、又： 亦／也無足歎惜；總有了事就／也就賴不著這邊的人了；又／越傷心來；又／又是誰；又何／何用；身量又／也相對；關著又／也倒新鮮；自然／又領著劉老老都見識見識；亦／便是；便／也是一樣；從來也／從來不敢說；也／也是甘心；也／才要笑；太太也／又不大管；也／便；李紈也／李紈跟上去；園內丫頭太／也多；多吃兩個就／也無妨； 只： 只／及到筵散花榭；只／就洗洗手；只這個就／就為這個試出你來；只／就拿前日；你只／要畫去； 敢： 敢／可是病了；敢是有人得罪了他不成／不是有人得罪了他了；敢是／心想美人活了不成； 還： 我們都／還當他成精了；豈不請奶奶去的／還不請奶奶去；黛玉還是／仍舊立於花陰之下；還是／還不足興；依了還／還猶可；都／還未必；倒遂／還；反在／還得在； 且： 我且瞧瞧去／瞧瞧去；你且放心／你放心；按／且說；且／先；且／又； 越發／索性： 我的事都完了。你要在這裡逛，少不得越發／索性辛苦了。（第15回） 越發／索性吃了晚飯去，便／要醉了，就跟著我睡罷。（第8回） 越性／索性： 卻說寶玉自出了門，他房中這些丫鬟們都越性／索性恣意的頑笑。（第19回）

越發／都是：

　快拿繩／索性先勒死；

越性／爽性／索性：

　十個還不成，越性／爽性／索性湊成十二個便／就全了。（第37回）

仔細：

　仔細／恐怕我們委屈了你；仔細／留神割了手；仔細／你看他們抱怨；仔細／看青苔滑倒了；

偏生、偏偏：

　偏生／偏；偏／卻有些歪才；偏你們吃體己茶呢／你們吃體己茶呢；偏／偏偏他家就有二十把舊扇子；

究竟：

　究竟／其實不用吃藥；究竟／竟也沒見他得罪了那一個；究竟是個又傻又呆的／真真是個傻東西；

只管：

　你只管說來／你說就是了；你只／只管放心；慢慢的／只管看著就是了；

到底：端的／到底吃了虧才罷；也／到底；

只是：

　只是／好各人得各人的眼淚；只見／只是他倆個／們不自在／如意；

其他：

　分明／明明；雖如此說，保不嚴／定他原意；果然／真又養了一個；甚麼／實著／著急；原／原來是他；忙／便命；便／要醉了；只得／便忙穿衣出來；又一回／趕著吩咐擺下；咱們可又／也樂了；似／更在；不然／要不；不然人家就疑惑了／看人家疑惑；再不然還是輸／但是／只；也／本不配坐在這裡；還罷了／還好；何如／就是了；定／一定是；一定／必是；必／必是為著前夜搜查眾丫頭的原故；想是／想必有客要會；忽有／誰知寶釵；幸兒／幸而沒動筋骨；他自己無能送／白送了性命；因進／遂近前來陪笑；怪道／怪不得老爺說我；他就得／是這麼周到。

（六）介　詞

同／和；從／出後房門；向／往（向內／往裏）；從／打；向／和我張口；同／跟他；被／叫人放了；將／把（將／拿香油一收）；望／和你姑媽說（我前日還合／和你哥哥說）；回／和他們西府裏；代／替我回（讓我代祝你／我替二爺祝賀你）；與／同著；同／從人；向／和他笑；放與／在寶玉懷內；抓些菓子與／給茗煙；推與／給寶玉；在／打那裡來；和／合別人說笑一會子／啊；自／從小兒；聽在／到耳內；與／合著；不與黃酒相宜／和黃酒不相宜；到／打後門進去；就比／和他日夜伏侍我盡了孝的一般／一樣；問惜春畫在／

到那裡／那裡了；沒有<u>用</u>／<u>拿</u>鏡子照一照就進去了；<u>除</u>／<u>除了</u>；便<u>向</u>／<u>給</u>平兒磕頭；<u>回</u>／<u>回至</u>房中；<u>同了</u>／<u>同</u>春燕；你就帶了他去<u>向</u>／<u>合</u>你老娘要了出來交給他 原也<u>合</u>／<u>和</u>賈璉好的；況且<u>客中</u>／<u>在客中</u>；<u>自</u>／<u>處</u>夢中；胳膊折了<u>往</u>／<u>在</u>袖子裏藏；<u>依</u>／<u>依著</u>；<u>於</u>／<u>在</u>；忙命兩個媳婦坐車<u>在</u>／<u>到</u>那邊接了來；不過<u>為</u>／<u>為著</u>熬困；不如<u>趁此</u>／<u>趁著</u>這個機會；老太太<u>合</u>／<u>和</u>太太；忙起身笑<u>與</u>／<u>跟</u>賈母把盞

（七）連　詞

<u>與</u>／<u>和</u>；<u>若</u>／<u>要</u>；<u>若</u>／<u>但</u>；<u>如</u>／<u>要</u>；<u>不但</u>／<u>但是</u>；<u>故</u>／<u>所以</u>；<u>且先</u>／<u>且</u>；<u>一則</u>／<u>況且</u>；<u>如</u>／<u>要</u>再；<u>要</u>／<u>想找</u>；<u>若是</u>／<u>若要</u>；<u>若</u>／<u>欲待</u>；<u>且是</u>／<u>況且</u>；<u>然</u>／<u>卻</u>；忽又／然；<u>倘</u>／<u>要</u>遇見；若不是／不是；雖說／雖和黛玉一處長大；<u>且說</u>／那劉老老；<u>並</u>／<u>和</u>賴大家的；<u>虧</u>／<u>虧了</u>你是個大嫂子呢；<u>省得</u>／<u>了</u>這些姑娘_們鬧我；若他／他要依了；<u>憑</u>／<u>不管</u>你是誰的；<u>摳</u>／<u>要</u>再省上二三百銀子失了大體統也不像；<u>那</u>／<u>只見</u>芳官；要擠我出去／擠我出去；把書理一理預備<u>著</u>／<u>好預備著</u>；<u>或者</u>／<u>或</u>；<u>一行</u>說<u>一行</u>就哭了；<u>連</u>／那怕傾家；<u>可見</u>／<u>可是</u>；<u>雖然</u>太陽落下去／太陽才落；心中<u>提起</u>／<u>雖然</u>有萬句言詞；卻不知因何事／卻不知何事；<u>況且</u>／<u>我正要</u>拿一個；只好／且只好

（八）助　詞

助詞分類	助詞小類	具體分類	異　文
結構助詞	的	定中結構「的」	A. 文言殘留：鳳姐兒之意／鳳姐兒的意思；之處／的地方；那邊所丟之／的霜；你的穿帶之物／你穿帶的東西；爭鬥相打之／的事 B. 無「的」／有「的」：<u>別</u>／<u>別的</u>事；<u>新出</u>／<u>新出的</u>小戲；<u>非常</u>／<u>非常的</u>喜事；革他<u>一月</u>銀米／革他<u>一個月的</u>銀糧；討老太太／老太太的示下；<u>世上</u>／<u>世上的</u>人；<u>戲中</u>／<u>戲中的</u>小丑；<u>修行</u>／<u>修行的</u>人；<u>他</u>／<u>他的</u>脾氣；<u>昨兒</u>／<u>昨兒的</u>母蝗蟲；比著那<u>紙</u>／<u>紙的</u>大小；<u>二爺</u>／<u>二爺的</u>心事；少什麼照你們／你們的單子；<u>人家</u>／<u>人家的</u>奴才；<u>主子</u>／<u>主子的</u>恩典；<u>一篇</u>／<u>一篇的</u>不是；<u>一經他</u>／<u>他的</u>手；竟是<u>一夜</u>／<u>一夜的</u>雪；<u>各色</u>／<u>各色的</u>花炮；升了<u>九省</u>／<u>九省的</u>檢點；<u>這裡</u>／<u>這裡的</u>人；受委屈／委屈的意思；<u>一頓飯</u>／<u>一頓飯的</u>工夫；結些<u>小人</u>／<u>小人的</u>仇恨；姨媽老人家／姨媽老人家的嘴碎；<u>兩個月</u>／<u>兩個月的</u>夫妻；<u>多情</u>／<u>多情的</u>人；一個<u>標緻</u>／<u>絕標緻的</u>小媳婦兒；

			老太太 / 老太太的生日；試準了姑娘 / 姑娘的性格；蓬頭垢面 / 蓬頭垢面的兩個女人；這是那裡 / 那裡的話。 C. 有「的」/ 無「的」：三姨兒的這張嘴 / 三姨兒這張嘴；小小的頑意 / 小頑意兒；心服的小廝們 / 心服小廝；帶了七八分的酒 / 酒；都是他的 / 他一句話；搭著灰鼠椅搭的 / 椅搭一張椅上；他的廟裏房子 / 他廟裏的房子
		補充結構「的」	急得 / 的；差臉通紅 / 差的臉上通紅；出 / 出的不好了
		狀中結構「的」	好不好 / 好不好的拉出去；一時半刻的 / 一時半刻偶然叫一句是有的；悄悄 / 悄悄的笑道；飄飄颻颻的 / 飄飄颻颻隨風去了
事態助詞			他死 / 死了，再娶一個也是這樣；忘 / 忘了；姨太太的牌也生 / 生了；連飯也不顧吃 / 吃了；少 / 少了不好看；可是前言不搭後語 / 後語了不是；不可再燒紙 / 燒紙了；差他一層兒 / 一層兒了；花盡 / 盡了；稿子 / 稿子了；偏又丟生 / 丟生了；近日好些 / 好些了；只見人報寶奶娘來 / 來了；贖我的念頭 / 念頭了；把方才的話說與襲人 / 說了；你們就記得 / 記得了；不必再提 / 提了；等攲多時 / 多時了；忙又跪下 / 跪下了；要回去 / 回去了；岔過去 / 過去了；胡謅起來 / 起來了；越發心裏不安起來 / 起來了；湘雲早執起壺來 / 來了；怕賈璉走出去 / 出去了；弔了好些下來 / 下來了；不知身上可大愈否 / 了； 我和你婆婆說了 / 說；紅顏似縞了 / 縞；沒的討 / 抬人 / 人家罵去了 / 去；高興了 / 高興；反怨我們了 / 我們；說著拿了藥房進去了 / 進去；撞到壁上了 / 壁上 必有人來接的 / 了；我因為往四姑娘房裏看我們寶二爺去的 / 了；有年紀的 / 了；秋紋是我攆了他去吃飯的 / 了；都不許姓林的 / 了；
動態助詞	了	V—V了	發 / 發了個怔；你和寶玉好 / 好了；到 / 到了；將衣鉢傳他 / 傳給了他；你和太太要 / 要了出來；瞅 / 瞅了鴛兒一眼；撞 / 撞了；買 / 買了來；跟 / 跟了（跟來 / 跟了來了）；遣一 / 了個能幹小耗 / 耗子；剩 / 剩了；取 / 取了栗子來；拿雞湯餵乾 / 煨乾了；盛在磁罐子裏封嚴 / 封嚴了；撞開 / 撞開了消息；送你帶 / 帶了去；回身把平兒先打 / 打了兩下 / 下子；分明是叫 / 叫了我做個進錢的銅商 / 銅商罷咧；吃 / 吃了藥了沒有；今年我大沾光兒了 / 沾了光兒了；將此話告訴 / 告訴了薛姨媽；饒費 / 饒費了兩起錢；屈指算一算 / 算了一算；著 / 著了驚嚇；打發人送 / 送了分子來；把他老子叫 / 叫了來，開 / 開了；丟開 / 丟開了手
		V了—V	回了 / 回；瞅了再瞅 / 瞅瞅；遇見了 / 遇見老爺；受了 / 受委曲；命小廝們搬了 / 搬出去；還不快接了 / 接進來進來呢；回去回覆了 / 回覆賈赦；你們又弄了 / 弄什麼人來；連忙下了馬 / 下馬；拿了 / 拿他到 / 到了衙門裏去；這幾日 / 過了這幾日還有幾件小的；打發了 / 打發平兒回覆不能 / / 不來；賞了你 / 賞你的了；只怕小孩子家沒見過，拿了 / 拿起來是有的；這汗後失了 / 失調養；你到了

		/ 到那裡自然是爺了；寶玉洗了手 / 寶玉過來洗手；空有了 / 有葉；應了 / 應起來；絕了後 / 絕後；又帶上了眼鏡 / 帶上眼鏡；一齊都送了過來 / 過來的；寶玉見了他這般 / 見他這般；嫌了他 / 嫌他；拾了起來 / 拾起來；打聽了 / 打聽鳳丫頭病著；忙抬了 / 抬；生了下來 / 生下來；把別的心都收了起來 / 把別的心先都收起來
著	V—V著	又遇 / 遇著賈母高興；必定也幫 / 幫著說什麼來著；不過是我白忖度 / 忖度著；搬了家去養息 / 養著；都是你們照管 / 照管著；握 / 握著臉；摩挲 / 摩挲著黛玉；幫助 / 幫助著；跟 / 跟著他學
	V+（了—著）	拉了 / 著；抱了 / 著；遇了 / 著；襲人拉了 / 著他的手；趕了 / 著送來；一旁站了 / 著 也跟了 / 著進來；到那邊屋裏坐了 / 著；老太太氣壞了 / 氣著；陪了 / 著薛姨媽去吃酒；靸了鞋走出了房門 / 靸拉著鞋走出房門；從外面迎了他 / 著進來；拿了 / 著個成窯鍾子來；扶了 / 著賴嬤嬤進來。
		何會哭了 / 來；實在不知道了 / 不知道；豈不倒壞了 / 倒不好；在他母親身旁坐了 / 下；只得放了 / 下；你在那裡坐了 / 下；向一張杌子上坐了 / 下；寶釵坐了 / 下；簪了 / 在鬢上；色色的搬了 / 搬下來
	過	吃過 / 吃飯；都經驗 / 經驗過了
		探春早又遞過 / 了一鍾暖酒來；謝過 / 了
比擬助詞		一樣 / 是的；妖精似 / 是的；像抓他的乖一般了 / 的是的；覺得生分似的 / 生分

（九）語氣詞

語氣詞分類	異　　文
呢	沒眼色些 / 呢；哉 / 呢；呢 / 呢嗎；還了得呢 / 嗎；哩 / 呢；也 / 呢；方去呢 / 的；比斗還大 / 大呢；了 / 了呢；要贖你 / 贖你呢；不時時打你 / 打你呢；還有什麼 / 什麼呢；來 / 來呢；大家什麼意思 / 呢；呢 / 嗎；的 / 的呢；你那裡知道我心裏急 / 急呢；娘娘 / 娘娘呢；又辦什麼席 / 席呢；還讓他們點戲 / 點戲呢；他豈不惱 / 惱呢；到底是為什麼起 / 起呢；又與你何干 / 何干呢；這是怎麼說 / 說呢；明兒認真起來說些瘋話存了這個念頭豈不是從我這一支曲子起的 / 起的呢；你還裝憨 / 裝憨呢；豈不缺了典 / 典呢；還有體面 / 體面呢；那裡保的住 / 住呢；誰不湊這個趣兒 / 趣兒呢；如何 / 好不好呢；他們如何知道的 / 知道的呢；二爺拿話堵老爺 / 老爺呢；難道這一首還不好 / 好嗎；正忙 / 正忙著呢；我那裡是孝敬的心我來了 / 了呢；更不用操心我和鳳姐到得實惠 / 實惠呢；誰又找去 / 去呢；豈不好 / 好呢；倒便宜些 / 些呢；怎麼就沒想到這個 / 這個呢；不成 / 呢；說出來 / 說出來呢；存體面 / 存體面呢；你們做什麼 / 你們做什麼呢；不知惜福 / 不知惜福呢；一輩子別見他才好 / 一輩子不見他才好呢；一樣 / 一般的呢；多早晚才來 / 來呢；說嘴 / 說嘴呢；豈不大妙 / 妙呢；找姐姐

	／找姐姐呢；這有什麼這樣的／的呢；得罪人之處不少／的地方兒多著呢；何必退／何必退呢；取安魂丸藥去／去呢；正發悶／發悶呢；豈可捱得時刻／時刻呢；可不商議了行的／呢；我橫豎進來的／呢；什麼新奇東西／東西呢；長出一個頭來的人／人呢；答言／答言呢；可怎麼樣／那可怎麼樣呢；得過一遭兒／遭呢；為什麼不擺／不擺呢；我怎麼敢親近呢／敢親近嗎；倘或又受了暑呢／暑；還有兩個哩／呢；喝了一碟子醋呢／了；認得呢／認得；一個一個才揭了你們的皮呢／皮；
麼	就知道／知道麼；果真／果真麼；豈不好麼／好不好；可知道／麼；你可問他／你可問他麼；我是奴才丫頭／丫頭麼；奶奶不給錢／錢麼；有這個不成／麼；吃飯／吃飯麼
嗎	豈／這不比直偷硬取的巧些／嗎；去／嗎；就不許我做情兒／嗎；牛不喝水強按頭／頭嗎；也不拜一拜街房鄰舍去／也不拜一拜街房嗎；難道姑娘就沒聽見／聽見嗎；你們還吃不夠／夠嗎；豈不是好／不好嗎；你豈不多得一個叔叔／你不多得一個叔叔嗎？如何依他／肯依他嗎；可不是／可不是嗎；難道你是不出門的／門子的嗎；有你混義口／插嘴的理／理嗎；塞責／塞責嗎；你聾了不成／嗎；（難道你不知道不成／嗎；）姑娘倒忘了不成／嗎；原／竟會 酒不成人麼／嗎
啊	臥室／臥房啊；這是個好令／令啊；相熟／相熟啊；我也不敢哭的／啊；才是／才是啊；比不上了／啊
罷	潤潤嗓子再辯謊／掰謊＋罷；再回話去／去罷；聽了我這一句／句話罷；你說話／說話罷；勸你去去囹了／囹罷；等猜了這個再去／去罷
罷咧	你不過要捏我的錯罷了／咧；就只配我和平兒這一對燒糊了的卷子和他混罷／罷咧；也可只不過怕姨媽老人家生氣罷了／咧；說我些閒話／閒話罷咧
來著	要什麼的／來著；讓姐姐的／來著；原要說的／來著；我還親自偷著看去的／來著；虧他怎麼做來／來著
的	所積／所積的；列侯／列侯的；不壞／不壞的；去的／了；的／啊；沒來的／著；情願／情願的；過的／了；我是不告訴人的／我不告訴人；吃／吃的；信口胡說／信口胡說的；謗僧毀道／的了；為／的是；最能移性／移性的；賭氣去了／的；原是只畫這園子的／園子；位雖低些，錢卻比他們多的／多；打發我來這裡瞧著奶奶的／奶奶；我又不作詩作文／作文的；我可沒有賀禮也不知道放賞的／放賞；飯也吃不下去的／去；一人不靠一言不聽的／聽；原要趕太太晚飯上送過來的／來；老太太 問起我過來做什麼的／什麼；豈有不許他去的／的呢；叫他自作自受的／受；素昔飲食清淡饑飽無傷／傷的；連夫人都知書講禮／禮的；這會子就去的／去；沒人來接他的／他；我昨夜就要叫你去的／去；只是不好啟齒的／啟齒；有什麼不好啟齒／的；不好帶出來的／帶出來；最憐愛他的／他；就不應發達的／就不發達；自然要吃虧／吃虧的；咕咕唧唧／咕咕唧唧的；好歹溫習些／些的；斷不能背的／背；今夜不要團團圓圓／團團圓圓的；趕晚就有回信的／回信